대한창작문예대학 제10기 졸업 작품집

가자 詩 가꾸러

시음사
시사랑음악사랑

대한창작문예대학 지도 교수 명단

김락호 지도 교수
- (사)창작문학예술인협의회 이사장
- 대한창작문예대학 설립자
- 시인, 소설가, 수필가, 평론가

성낙원 학장
- 대한창작문예대학 학장
- 한국청소년영상예술진흥원장
- 대한민국청소년영화제 집행위원장

김선목 지도 교수
- 대한창작문예대학 시창작과 교수
- (전)대한문인협회 경기지회 지회장
- 시인, 시낭송가

김혜정 지도 교수
- (사)창작문학예술인협의회 부이사장
- 대한창작문예대학 시창작과 교수
- 시인, 시낭송가

문철호 지도 교수
- 대한창작문예대학 시창작과 교수
- 시인
- 문학 박사

박영애 지도 교수
- (사)창작문학예술인협의회 부이사장
- 대한창작문예대학 시창작과 교수
- 대한시낭송가협회 회장
- 시인, 시낭송가, MC

평가를 받기보다는 독자와
공감할 수 있는 작품을 짓자

문학작품, 비평가, 문학평론가, 문학비평이란 '좋은' 문학작품과 그렇지 않은 작품을 합리적인 설득력을 가지고 평론하기란 힘든 일이다. 평론자의 주관적인 생각이 주입되기 때문일 것이다. 누군가는 상업적으로 글을 쓰고 또 어떤 작가는 독자와의 소통을 위해 쓰고 또 누구는 자신만의 자아도취에 빠져 글을 쓰기도 한다. 세상에 나쁜 글 좋은 글은 없다. 독자가 읽고 공감하면 좋은 글이고 또 그 작품을 읽고 무엇인가 얻을 수 있다면 그 또한 좋은 작품일 것이다. 시인이 다른 시인의 작품을 평가한다는 일 참으로 어리석은 일이다.

창작물을 값으로 환산하면 얼마일까?
시인이나 작가가 집필할 때 미리 가치를 정하고 쓰지는 않을 것이다. 아니다. 작가는 자신이 쓰는 작품이 이 세상의 최고라는 자부심을 가지고 쓸 것이다. 두 유형 중에 정답은 없을 것이다. 왜냐하면 창작에는 정답이 없기 때문이다. 하지만 시를 쓰든 수필이나 소설을 쓰든 기본적인 상식이나 "한글 맞춤법 표준어 규정"정도는 알고 집필하는 것을 권고하고 싶다.

시인이 등단이라는 관문을 통과하고 나면 자신이 시를 아주 잘 써서 등단한 것으로 착각한다. 아마추어로서 글을 쓸 때와 이름 앞에 시인이라는 명사(名詞)를 붙였다면 그만큼의 책임감과 의무감에 창작품을 발표하여야 한다. 그러기 위해서는 등단 이후에 자만심을 버리고 詩 창작에 대한 기본을 공부하고 기초적인 것 정도라도 국문학을 배우고 나서 창작을 해야 할 것이다.

사/창작문학예술인협의회가 후원하는 "대한창작문예대학"에서 교육과정을 공부했다고 해서 완전하지는 않을 것이다. 지금까지 교수들로부터 얻은 상식과 지식을 자신의 것으로 만드는 노력을 얼마나 하는가에 따라 그 시인의 작품은 어느 시대, 어느 때에 명작으로 남을 기회를 가질 수 있을 것이다.

(사)창작문학예술인협의회
이사장 **김락호**

▶졸업 작품 경연대회 (야외 수업)

▶대한창작문예대학 제10기 2강의실 기념사진

▶ 대한창작문예대학 강의실

▶ 대한창작문예대학 강의실

▶ 문예창작지도자 자격 시험
기영석, 김귀순, 김만석, 김옥순, 김유진, 김종태, 김진주, 박광섭, 손병규
송용기, 유순희, 임석순, 임종봉, 전병일, 조순자, 한명화, 한정서, 한천희

▶ 대한창작문예대학 제10기 2강의실 기념사진

▶ 기영석, 김만석, 김종태, 박광섭, 손병규, 송용기, 임석순, 임종봉, 전병일, 한천희

▶창작문예지도자 자격증 시험 / 1시험장

▶ 김귀순, 김옥순, 김유진, 김진주, 유순희, 조순자, 한명화, 한정서

▶창작문예지도자 자격증 시험 / 2시험장

제10기 대한창작문예대학

기영석	김귀순	김만석	김옥순
김유진	김종태	김진주	박광섭
박현영	손병규	송용기	유순희
임석순	임종봉	전병일	조순자
한명화	한정서	한천희	

✻ 목차 ✻

✳ 목차 ✳

✻ 목차 ✻

시인
기영석

봄은 옵니다 외 9편

자연에서 세월 붙잡고 물어봐도
하늘엔 구름 한 조각 맴돌고
살며시 불어오는 바람뿐이더라

계절은 따라오라 재촉하고
무심한 하루가 덧없이 흘러가는데
흔들리는 찔레꽃이 향기를 토해낸다

황혼에 소중한 여운을 결부 시켜
고뇌하는 내면을 냉철하게 묘사해
내 삶에서 상상의 시를 창작하고

희망으로 채워질 날을 기다리며
내가 나고 자란 이 땅 이곳에서
글 밭을 가꾸는 시인으로 살고 싶다.

봄은 옵니다 / 기영석

하늘도 서러운지
온종일 눈물을 흘리고
햇볕과 바람도
겁에 질려 숨었나 봅니다

봄도 오다가 주춤합니다
애꿎은 새싹과 꽃도 숨죽이고
잠들면 무서울까
차라리 잠들지 않으려 합니다

사이비의 숨김은 나날이 더해가고
소름 끼치는 공포가 밀려들어
이 시간이 두렵습니다

꽃피고 새가 우는 봄이 오면
병마에 힘없이 쓰러지는 이들이
신음하는 고통 속에서 벗어나
행복을 노래하길 소망해 봅니다.

산책길 따라 / 기영석

여명이 어둠을 뚫고 해를 띄운다
감은 두 눈을 지그시 뜨고
구부정한 산길 따라
나는 우거진 솔밭으로 들어간다

나무 사이로 햇살이 스며들고
솔향이 온몸을 감싸 안을 때
한 모금의 상큼하고 신선한 공기가
두 팔 벌린 내 가슴 속으로 들어온다

나를 닮은 저 소나무 가지마다
인연의 끈 걸어놓고
고뇌에 멍들었던 삶을 나눌 수 있는
내 영혼이 깃든 그 산책길이 좋다

사시사철 푸르고 굳건한 나무들은
버거운 삶의 무게를 덜어주고
한없이 나약하고 초연한 나에게
오늘도 그 산을 편하게 오르라 말한다.

멈춰선 친구 / 기영석

따뜻한 봄날
외로움 달래려 함께 온 친구
대청마루 벽에 걸터앉아
쉬지 말고 달리라고 일러주었다

두 입으로 밥을 주면
그칠 줄 모르고 움직이는 추는
밤낮으로 양 볼을 때리고
백 팔십 번의 울림이 하루를 알린다

변화의 물결로 조용히 밀려나
끈끈한 정을 떼지 못한 채
어두운 창고 구석진 곳에서
멈춰버린 너를 멍하니 들여다본다

버거웠던 삶을 지켜보면서
긴 세월 한 가족으로 살았다고
가슴 시린 사연을 담아두고
너의 고마움에 활짝 웃음 짓는다.

애타는 마음 / 기영석

바닷가 언덕에 홀로 서서
정만 주고 떠나신 임 오실까
저 멀리 바다만 바라보다
검게 타버린 여인이 슬프다

기다리는 임은 오지 않고
멍하니 하늘만 쳐다볼 때
밀려오는 파도가 절벽을 때려
전설의 얼굴을 새겨 놓았다

암벽 위에 짙은 단풍 숲이
노을빛으로 치장하고
물결치는 바다에 어둠이 내려
집 찾아 갈매기 떼 날아간다

긴 세월을 바위로 남아서
비바람에 멍이 들고
눈물마저 말라 버렸지만
한 가닥 희망으로 여기에 서 있다.

빈자리 / 기영석

언덕길 헐떡이는 숨소리
밀어주니 좋다며 웃어주고
힘듦을 아는지 이정표가 손짓합니다

주저앉아 물 한 모금 입에 물고
주름진 외산 돌아 강줄기 바라볼 때
소소리바람이 두 볼을 차게 합니다

지나온 그늘진 삶 속에서
부부의 연을 맺은 지 반백 년
자식 짝지어 떠나보낸 빈자리에
당신과 나뿐이란 것을 압니다

내 어찌 살아온 삶을 모를까
애물로 살아온 나를 원망하며 살아도
나는 사랑했노라 말하고 싶습니다.

남자의 눈물 / 기영석

굴곡진 인생은 노을로 물들고
긴 시간의 터널을 벗어나려고
나 자신을 탓하고 미워했지만
남루했던 삶을 가슴속에 묻어둔다

가난의 설움은 뼛속에 스며들고
지울 수 없는 흔적의 설렘은
왈칵 쏟아지는 미안함의 눈물로
구멍 난 내 가슴을 들쑤신다

햇볕이 차가운 아침을 데우고
며느리의 생일을 잊지 않으려
눈물로 글을 주고받으며
목이 메어 말을 이어 갈 수 없었다.

고운 너의 착한 마음을 고이 간직하며
내 삶의 선물로 오래오래 허물없이 살아주고
행복한 가정을 지켜주기를 바란다.

빨간딱지 / 기영석

한 사내의 장밋빛 꿈이
송두리째 뽑힌 날
벼랑 끝에서 몸을 바람에 맡기고
애간장 타는 가슴은 찢어졌다

아픈 기억을 잊으려 잊으려고
애를 쓰면 쓸수록
길 잃은 먹구름처럼 밀려오는
쓸쓸한 눈물을 흘려야 했다

시련의 슬픈 날은 가고
고목의 초연한 옹이처럼
꼬부라진 인생의 침묵 속에서
그날의 회한에 잠겨본다

닳아 구멍 뚫린 빛 주머니의
아픈 기억을 벗어
잉걸불에 던지고
울컥거리는 삶의 애환을 태우며
활짝 핀 숯불처럼 웃고 있다

사랑하는 딸, 이화야 / 기영석

정화수 떠놓고 백일치성으로 얻은 너
하얀 달밤에 사뿐 내려온 선녀인가
네 아름다운 모습을 시샘한 재넘이가
장화 홍련 계모처럼 아픔을 주었구나

하늘에서 하얗게 이화우 흩뿌리는 날
만인의 축복 받으며 좋은 짝을 만나
사랑받고 잘 살기만을 빌고 빌었는데
아비의 마음은 갈가리 찢어지는구나

싸늘하게 식어가는 널 부둥켜안은 채
나는 앞이 캄캄하고 억장이 무너진다
아, 대신 죽어서라도 살릴 수 있다면
사랑으로 가슴에 압화(押花)처럼 품는다

* 이화우(梨花雨): '봄비'를 이르기도 하지만, 하얀 배꽃이 빗방울처럼
  우수수 떨어지는 모습을 이르는 말입니다.
* 압화(押花): 꽃이나 잎을 납작하게 눌러서 만든 장식품을 이르는 말

가슴에 심은 사랑 / 기영석

어머님 먼저 먼 길 떠나보내시고
먼 산 바라보시던
외로운 눈가에는
속울음만 글썽이셨습니다.

아버지 얼굴에 흐르는 침묵에서
사랑하는 아내를
가슴에 묻고 속 태우시는
그리움을 보았습니다.

자식들 잘 살기를 바라며
손주들 재롱에 웃으시던 모습
아버지의 인자한 모습 가슴에 담아
오래오래 남겨두렵니다.

남자는 우는 것을 삼가라시며
어려움은 시간이 가면 지나간다는
아버지의 말씀 고이 간직하고
일러 주신 길을 갑니다.

잠들지 못하는 이유 / 기영석

이른 새벽 거물거리는 눈으로
미완성의 글을 긁적일 때
밤이 집어삼켰던 해를 뱉으며
여명이 하루의 시작을 알려준다.

찾으려는 마음은 바빠 오고
굶주린 형상들이 복잡한 뇌리에서
뒤엉키며 싸우는 병목 현상은 부족함이다.

힘들어 꿈을 포기하려는 마음과
용기 내어 도전에 성공하려는 순간
갈피를 잡지 못하는 혼돈의 시간이다.

보람은 하나둘 쌓여 희망이 보이고
때로는 슬픔과 기쁨으로
고뇌하는 나를 잠들지 못하게 하여
정제된 시작(詩作)을 찾아서 밤을 새운다.

시인 김귀순

등 굽은 호미 외 9편

길지도 짧지도 않은 삶을 살아오면서
굽이진 인생길
따사로운 햇살로 눈부실 때도 있지만
추적추적 내리는 빗물에 젖을 때도 있었다.
마음이 따사로울 때는 기쁜 마음으로
비에 젖어 마음 무거울 때는
울적한 마음으로 그려본 그림이
부끄러운 시가 되어 세상 밖으로
훨훨 나는 한 마리 새처럼
내 마음도 날고 싶다.

26

등 굽은 호미 / 김귀순

서리꽃이 만개한 아침
봄 온다는 입춘날에
힘껏 기지개 켜려던 청매 가지들
된서리 맞고 진저리친다

봄기운 품은 아침 햇살에
그리 오래 버티지 못하고 눈물로 녹아내리면
뭉툭한 호미 한 자루 졸래졸래
빨간 장화 따라나선다

날마다 서리 눈물 헤집으며
한 소쿠리 두 소쿠리
봄 햇살 캐 담아도 힘들다 않고
싫다 하지 않는 네가 만만해서 좋다

내 고단함을 뭉툭해진 이빨로 쿡쿡 찧고
두고 온 도심의 그리움 너와 넋두리할 때
높은 산 한달음에 껑충 뛰어넘은 짧은 햇살
석양으로 화촉 밝힌다

별빛 쏟아지는 뜨락에 등 굽은 호미
분칠한 장화 옆구리에 나란히 뉘어
하루의 고단함 삼키며 황혼을 설계한다.

그 머슴아 / 김귀순

두 볼 빨갛게 칼바람 때려놓고
성에 안 찬 막바지 겨울
네발로 기어오른 대봉산
오솔길에서 한숨 고른다

까까머리 휘파람 소리에
단발머리 깔깔 웃음보 터지면
다리 짧은 산토끼
놀란 눈 동그랗게 달음박질치고
폼 잡던 머슴아들
애꿎은 책가방만 추스른다

호호 하하 웃음보들
가시덤불 오솔길에 작은 심장 떨어지고
대봉산 발아래 울퉁불퉁 황톳길
투박한 소달구지 구르는 소리
파노라마 엮어 아련히 들려온다

추억 그리워 찾은 고향엔
휘파람 불던 그 머슴아
집채같은 트랙터에 올라
늙수그레한 웃음 지으며
농기계 분신인양 쓸어내린다.

시곗바늘 인생 / 김귀순

길면 긴 대로 짧으면 짧은 대로
일정한 보폭으로
부딪힘 없는 삶을 그려내는 한 가족에
내 삶을 접목시킨다

시침을 따라가는 분침에
지칠까 밀어주는 초침
쉬지 않고 돌아가는 시계태엽처럼
우리네 삶도 부지런히 밀고 당긴다

지나온 숫자들에 새겨지는
슬픔 하나 기쁨 둘에
추억을 차곡차곡 쌓고
째깍째깍 장단에 세월의 먼지 닦아낸다

시곗바늘처럼 일정한 보폭은 아니어도
앞만 보고 달려온 삶은 지치고
때론 멈추고 싶지만 훗날 걸어갈
그 길에 날마다 꽃씨를 뿌려 둔다.

봄이 오면 / 김귀순

마주 보고 함박웃음 짓는
가난했던 친구들
검푸른 혓바닥을 길게 쑥 빼고
깔깔댄다

책 보따리 질끈 동여 허리 매고
허기진 작은 손으로
분주히 배를 채우던
부잣집 외동딸도 가난한 장손도
한 움큼씩 따 먹던 진달래

해마다 봄이 오면
그 옛날 추억을 따서
한입 털어 넣고
검푸른 혓바닥을 내밀어 본다

어릴 적 진달래는 꽃이 아닌
배고픈 친구들의 간식이었고
울 엄마 유두 같은 꽃봉오리는
언제나 내 마음 설렌다.

욕망의 늪 / 김귀순

채워도 채워도 채울 수 없는
그녀의 빈 가슴은
욕망의 늪에서 갈 길 잃고
닿을 수 없는 하늘 향해 타버린 가슴으로
길게 한숨 들이킨다

끝없이 펼쳐진 검푸른 바다를 향해
크게 날숨 쉬어 봐도
그녀의 가슴에선 불씨만 날린다

까맣게 타버린 가슴에
남은 불씨 바람에 날려 서쪽 하늘 노을 되어
내일 향해 오늘을 나는 갈매기 떼
하늘길 밝혀준다

욕망으로 검게 타버린 그녀
숯덩이 된 마음으로
수평선 저 너머 미지의 그곳을
그리워한다

촛불 같은 설렘으로 / 김귀순

따사로운 봄 햇살에
복사꽃 봉오리 봉긋봉긋 터질 듯
붉은 입술 내밀면
내 심장은 부끄러운 설렘으로 두근두근 거린다

활활 타는 불꽃 같은 열정은 아니어도
작고 여린 촛불 같은 설렘으로
가슴 떨리는 시를 짓고 싶다

한때는 삶의 무게가 버거워서
꽃봉오리 닮은 너에게 두 손 모아 염원 빌며
눈물과 한숨으로 시를 그린 적도 있었다

느낄 수 없는 바람에도 파르르 떨고
가만가만 이 숨죽여도 일렁이는 여린 시심을
활활 타오르는 커다란 불꽃의 불씨 되어
희망의 시로 노래하고 싶다.

채움 / 김귀순

답답한 마음에 달빛 뜨락에 나서니
초저녁 밤바람은 싸늘하여
얇은 옷깃을 여미게 한다

가로등 머리 위에서
벙글벙글 웃고 있는
솜씨 없는 아낙이 빚어놓은 듯한
호빵 닮은 달은
누군가 높이 던져 하늘 여백에
쏘아붙였나 보다

어둠이 깔리는 밤이면 시간을 잠재우고
투박한 머그잔에 하루의 고단함을 담아
한 모금 넘김에 별이 반짝이고
또 한 모금에 달빛이 일렁인다

마음속 무겁고 부질없는 욕망을
어둠 속 바람 부는 데로 쏘아버리고
남은 생은 내 마음의 작은 공간을
채우면서 살고 싶다.

산나물 / 김귀순

연둣빛 봄이 익어가는 산등성이에서
이마에 맺힌 땀방울 바람으로 씻고
가슴에 창을 열고 마음속 가난을
바람에 실어 날려 보낸다

파릇파릇 내민 사랑을 한 줌 뜯어서
허한 마음 채우고
뾰롱뾰롱 돋은 희망을 똑똑 따서
가난한 마음 채운다

엉덩이 붙이고 앉아 나풀거리는 새싹에서
가족의 배를 채우려는 일념으로
닳은 고무신 신고 넘어지고 미끄럼 타시며
허기진 가난을 뜯고 희망을 뜯어서
무명 치마폭에 싸고 계신 어머니가 보인다

배부른 이 시대에 등산화 끈 조여 매고
양손 지팡이로 한 발짝 두 발짝 내딛는 발길에
앞선 자로부터 무참히 꺾여서 울고 있는
고사리의 눈물을 애써 외면하고
한 잎 두 잎 희망을 따고 건강을 뜯어서
가난한 마음 채워 본다.

너무 그리워요 / 김귀순

벼 이삭 고개 숙이는 가을날
두 살 터울 삼 남매를
곱디고운 당신의 임자 무명 치마폭에 앉혀 놓고
하늘 여행 떠나실 때 당신의 발목 잡던
일곱 살배기 아들이 백발이 성성하게 늙어가네요

그런 남동생 모습에서
당신의 모습 찾아보지만
서른 중반의 건장한 아버지로
내 마음속에 새겨진 당신이 너무 그리워요

아프게 지나 온 세월 당신과 함께였다면
만개한 봄꽃 같은 사랑으로
싱그러운 여름날 푸르름이 넘치고
붉은 가을 달콤한 사랑 가득 채워서
눈 내리는 계절에 소복한 웃음꽃 피웠겠지요

당신 몫까지 채워주시며
긴긴 세월 속 울음 삼키신 당신의 사랑
이제 당신께 돌아갈 채비를 하지만
아직은 보내드릴 수 없네요

행여 좋은 날 좋은 시에 어머니 가시거든
늙고 초췌해진 모습에 못 알아보실까 봐
염려하는 당신의 사랑을 한눈에 알아보시고
못다 한 사랑 듬뿍듬뿍 나누시어요.

동반자 / 김귀순

개울 속에서 마음껏 헤엄치고
돌 틈 사이로 자유롭게 노니는 물고기들에게
영양가 있는 양식을 주고 비바람 막아주는
커다란 우산으로 우뚝 서 있다

햇살 뜨거운 여름날엔
시원한 그늘 지어주고
힘껏 팔 벌려서
살랑살랑 손부채질해 준다

살을 에는 칼바람 불 때면
개울물 꽁꽁 얼고
물고기들 추울세라 태양 불러 햇볕 쏘여주는
나의 평생 동반자 지쳐가고 있다

세월의 흐름에 듬성듬성한 머리카락
늘어진 수양버들 같다

시인
김만석

화산처럼 타오르는 그리움이여 외 9편

함께했던 학우님들과 졸업문집을 내려니
기쁘고 행복하지만 아직도 가볍고 얇은 글이라
작아지는 마음입니다.

다음 문집에는 들꽃처럼 아름답고
아침 이슬처럼 맑은 시어들을 엮어
좀 더 나은 작품으로
독자들 앞에 서겠다고 다짐해봅니다.

그동안 성심으로 교육해주신 교수님들께
진심으로 감사드리며
좋은 인연으로 함께한 학우님들께도
감사함을 전합니다.

화산처럼 타오르는 그리움이여 / 김만석

차가운 겨울비에 젖어도
그대 앞에 설 수 있다면
젖고 젖어도 견딜 수 있겠다

삭풍 불어오는
시린 겨울 속을 걷는다 해도
그대에게 닿을 수 있다면
한없이 걷고 걸어도 행복하겠다

아!
그대여
눈이 부시도록 아름다운 그대여
화산처럼 타오르는 그리움이여
밤하늘 별이 되어
그대에게 흐르고 싶다.

내 안에 네가 산다 / 김만석

창을 닫아도 넘나드는
따스한 햇살처럼 나는
너에게로 간다

길이 없어 갈 수 없는 곳이지만
눈 감으면
금방 너에게로 찾아간다

하루에도 몇 번씩 너를 찾아 떠났다가
단단히 걸린 빗장을 보고 오늘도
까맣게 탄 슬픔을 데리고 돌아왔다

겨울이 지나고 봄소식에
냉랭했던 너의 마음이 봄 향기로
한결 가벼워지는 날
내 마음도 하얀 날개 달고 훨훨
깃털처럼 가벼워진 너의 시간 속으로 가겠다

연둣빛 내 그리움을 풀어 꽃가마 만들고
붉디붉은 가슴으로 꽃신을 지어
하얀 목련화 같은 너를
다시 찾아가겠다.

그리움의 돛 달고 / 김만석

연초록 물감을 풀어
봄을 그리고
남겨진 여백에
그리움을 그리고 싶습니다

하얀 물감을 풀어
목련화를 그리고
남겨진 여백에
당신의 미소를 그리고 싶습니다

연분홍 물감을 풀어
향기를 그리고
남겨진 여백에
당신의 아름다움을 그리고 싶습니다

무지갯빛 물감을 풀어
사랑을 그리고
남겨진 여백에 나를 향한
당신의 마음을 그리고 싶습니다

무성하게 피어난 꽃들 속에
동그랗게 하나 된
우리들의 그리움을 그려 넣고 싶습니다.

그리운 그곳으로 돌아가고 싶다 / 김만석

높이 나는 비행기 소리
하늘 저편 흩어지고
미루나무 잎새 소리 내며
바람에 흔들거리는 곳

유리같이 맑은 실개천이
동네 앞을 휘돌아 나가고
물길을 거슬러 오르는 중태기와
돌 틈 오가며 모래무지가 사는 곳

누렁이 황소 두 눈 껌벅이며
우두커니 서 있는 옆에는
주황색 먹감이 휘어지게 익어가고
흰 구름 떠가는 곳

동네 어귀 널따란 바위 옆에
오래된 느티나무가
시원한 그늘을 만들어주고
참매미 목청 높이는 곳

그곳에 가고 싶다
참매미 목청 높여 반겨주는
그리운 고향으로 나 돌아가고 싶다.

그리운 진달래 / 김만석

널 만나러 동산에 올랐지만
이른 봄이구나

아직은 님 맞을
준비가 안 되었나 보구나

분홍색 꽃물 흠뻑 머금고
칠보단장 곱게 하느라
총총걸음 바쁜가 보다

그리움으로 가득 찬 내 마음이
앞서 달려왔구나

따뜻한 봄바람 속살거리고
연분홍 꽃잎 수줍은 듯
살며시 피어날 때

내 마음도 너와 같이 곱다라이 피어나
그리움 흠뻑 머금고
다시 찾아오련다.

사월의 추억 / 김만석

계절은 돌고 돌아
또다시 봄을 데리고 왔습니다
어느새 문을 연 4월은
세상 곳곳에 봄소식을 전해 줍니다

실개천 버들강아지 봄바람에 춤추고
겨울을 참아 낸 개나리 진달래
산과 들을 봄으로 물들입니다

하얀 목련화도 빙긋이 기지개 켜고
그리움으로 가득 찬
4월의 추억을 활짝 열었습니다

해마다 봄이 오면
행복했던 흔적들이 피어나고
진달래 동산 연분홍빛 향기로 일렁입니다

늙스레한 노년의 가슴으로
추억이 짙어 오고
나풀나풀 꽃길이 속살거립니다.

낙천적(樂天的) 마음 / 김만석

시린 겨울을 마시고
새들은 노래한다

하얗게 눈 쌓이고
허기진 하루가 찾아와도
새들은 노래한다

따뜻하게 데워줄
울타리가 없어도
작은 나무를 오가며
새들은 노래한다

곳간에 채워둘
쌀 한 톨 없어도
새들은 노래한다

물질은 없어도 마음속에 가득 채워둔
낙천적(樂天的) 마음을 마시고
새들은 노래하고 춤을 춘다.

사랑 / 김만석

하루가 열리고 닫히는
우주의 흐름을 알리며
모닝콜이 울린다

시린 겨울을 마시는 달동네
허기진 마음에도
금 술을 마셔대는 빌딩 숲에도
모닝콜이 울린다

낮엔 해처럼
밤엔 달처럼
누구에게나 동그랗게 사랑을 나눠준다

어울렁더울렁 함께 살아가는 세상
우리들 마음에도
변함없는 모닝콜 하나 있었으면 참 좋겠다.

너에게 찍혔다 / 김만석

갈 길 멀고
마음 급하니
학처럼 목 길게 빼고 도로를 달린다

자동차 소음을 높이고
습관처럼 추월하고
치타처럼 빠르게 도로를 달린다

번쩍!
매의 눈에 찍혔다
며칠 후엔
느리게 살라는 딱지가 날아오겠지

인간사 끊임없는 욕망
산도 보고
들도 보고
느리게 사는 법을 배웠으면 참 좋겠다.

따스한 그 목소리 / 김만석

산골마을 뉘엿뉘엿 해 저물고
집집마다 굴뚝엔
밥 짓는 연기 하늘로 피어오르는데
아버지의 귀갓길이 늦으셨다

소여물 가마솥에 넣고
일손을 덜어 소죽을 끓이는 날이다

아궁이에 불을 지피고
잠시 한눈파는 사이 불이 번져
초가지붕 반쪽을 태워버렸다

그러나 아버지의 호통은 없었다
나지막한 목소리로
실수를 통해 교훈이 되어야 한다

인자하시고 따스한 그 목소리가
이제는 내가 가는 이 길에
더 이상 머무르지 않고
바삐 떠나셨다

철이 들지도 않았었고
아버지의 지게를 대신 져 보지도 못했는데
따스한 그 목소리는
이 세상 어디에도 들려오지 않는다.

시인
김옥순

예쁜 엽서 외 9편

삶의 창문을 매일 열며
중년을 향하는 길 따라
맑은 하늘을 채색하며
마음에 그림을 그려봅니다

자욱한 물안개 피어나는
월령교의 꽃무릇에 서서
풍경과 바람 노래에 취하여
여유를 가져봅니다

수줍은 소녀의 감성으로
여백에 수놓은 이름 석자
양볼 불그스레 여린 미소를
띄워봅니다.

예쁜 엽서 / 김옥순

흐릿해진 내 눈보다
너의 총명한 눈으로
자연이 차려놓은 봄 담으러
사뿐사뿐 발길 옮겨본다

어느새 렌즈에 들어온 유채꽃
노란 웃음으로 미소 짓고
벌 나비도 포즈 잡으며
꽃술에 살포시 내려앉았다

두 눈으로 너를 보고 있으면
지난날의 아련한 추억이
살아서 움직이는 것 같은
새로운 모습이 잉태된다

오늘도 너의 눈에 이끌려
푸른빛 꽃밭 사잇길에서 찰칵
봄을 만끽한 아름다움
예쁜 엽서로 담아본다.

약속 / 김옥순

바람은 그대 향기에 잠자고
해가 물결 지어 미소 짓는 날
햇살이 숨결처럼 번졌다

꽃을 보듯
두근거리는 마음으로
우리 사랑 담아
한 걸음씩 내디디며

두 마음 포개어
숲이 되고 그늘이 되어
하염없이 걸었던 당신과 나

어느덧 굽이굽이 돌아 서른해
살며시 행복 열매 어루만지고
설렌 약속 영원한 태양과 함께하렵니다.

축복 / 김옥순

눈부신 봄 햇살 손잡고
산책하다 만난 풋풋한 너
돌 틈 사이로 돋아난
연둣빛 새싹처럼 사랑스럽다

속삭이던 붉은 꽃이
열정을 벗 삼아 피워 올라
보일 듯 말 듯
봉싯하게 웃음 짓는다

어느새 꽃띠 두른 까치가
기쁜 소식 들고 와서
꽃동산에 꽃처럼 예쁜 그녀에게
봄 향기를 한아름 전해준다

아지랑이 같던 꿈을 쥐고 와
기쁨을 안겨준 네가 걷는 길에
축복의 꽃가루를 뿌리며
사철 꽃길만 걷길 바란다.

애심 / 김옥순

볕이 잘 드는 곳에 잠든
널 부여잡고 울부짖는 어머니
어머니 울음에 산새들도
말없이 눈물을 훔친다

둥근 지붕은 어디로 날아갔는지
차가운 서리를 온몸으로 맞으며
하늘만 애타게 쳐다보고 있느냐

어머니는 파랗게 질린 얼굴로
떨고 있는 너를 안고 어루만지며
꽃샘추위에 몸이 상할까 봐
따뜻한 이불 덮어주며 눈물짓는다

찢어질 듯한 짙붉은 심장
하얀 손수건에 이슬 꽃 쏟아낼 때
어머니의 마음인 양
네 곁에 온통 연분홍빛으로 스민다.

큰 사랑 / 김옥순

초록 잎 수놓은 오월
아카시아 꽃향기처럼
아버지의 향기가 스며들어
그리움에 젖어듭니다

늘 자리하시던 앞뜰은
올해도 붉은 작약꽃이
해와 달빛에 탐스럽게 피어
그 꽃잎 사이로
아버지의 환한 얼굴이 떠오릅니다

항상 서로 의지하며
우애 있게 살아야 한다는 그 말씀
젖은 손, 마른 손으로 감싸 주신
아버지 큰 사랑에
우리 남매 정이 피었습니다

오늘은 그 예쁜 꽃들이
어머니 손 잡고
아버지가 계시는 정원에
빨간 카네이션 건네며
산새들의 화음에 맞추어
사랑 노래 불러봅니다.

초대받는 그 날 / 김옥순

햇살이 방긋 웃는 사월
봄기운 모락모락 피어나
흙을 헤집어 꽃나무와 씨앗을
자연에 심었다

사랑과 정성으로
새싹이 푸르싱싱 자라
가지각색 꽃이 필 꽃불 축제에
초대받을 그 날을 꿈꾼다

돌담 가운데 폭 안겨
멋스럽게 맵시 뽐내며
알락달락 피어날 여름꽃을
호수같이 맑은 눈에 담아본다

꽃이 태양보다 더 빛날 상상을 하며
그윽한 향기에 휩쓸린
내 마음은 벌써
꽃밭에 누워 하늘을 보고 있다.

책가방 속에 향기 / 김옥순

추억 속 친구의 그림자가
인생길 같은 골목길 걸으며
아쉬움을 유성처럼 쏟아낸다

유년시절 부족한 배움은
세월이 지나면 지날수록
눈비처럼 흩날려 그녀의 가슴
한 언저리를 짓누른다

마음에 응어리졌던 한 시절
친구로 인하여 뒤늦게 꿈꾸던 길로
빛을 자아내 가슴에 맺힌 한을
다시 환희로 채워간다

넉넉하지 못했던 그 시절 아픔
늦게나마 노력의 결실이
책가방 속에 향기 나는 꽃으로
그녀가 예쁘게 피어났다.

사랑하는 나 / 김옥순

수줍은 단발머리 소녀가
꽃향기 바람에 춤을 추며
설렌 마음으로 들길 따라
콧노래 흥얼거렸습니다

예쁜 분홍 원피스에
엄마가 손수 짜준
노란 스웨터 걸치고
즐겁게 걷고 있는 소녀에게
나비와 꽃잎이 함께 했습니다

어린 추억에 사로잡혀
헤아릴 수 없는 꽃송이에
순박한 공주가 된 듯
푸른 하늘 향해 날아봅니다

꿈속에 달맞이꽃처럼
방실방실 웃고 있던
소녀의 앳된 모습은 사라지고
어느새 금빛 햇살에 익어 버린
어머니의 얼굴을 닮아갑니다.

회상 / 김옥순

발길 따라 걸어온 긴 흔적
젊은 날의 모습은 어디 가고
불어오는 바람에 실려
노을 진 뒤안길에 다다랐다

햇살에 곱게 빛나던 지난 모습
멋쩍은 미소에 스며들고
주름진 얼굴로 하늘 한 번 올려다보고
땅 한 번 내려다본다

바람처럼 스쳐 구름같이
두둥실 지나온 시간
끈끈한 가족 사랑으로 맺은
땀방울이 보석처럼 반짝인다

쉴 새 없이 똑딱이는 초침에
내 마음 덩달아 추억 가득한
그때 그 시절 봄날로 되돌아가
이야기보따리 풀어본다.

집으로 오는 길 / 김옥순

배움의 하루는 저물고
별들이 쏟아지는 어두운 밤
낮에는 익숙했던 길이
초행길처럼 낯설었다

칠흑 같은 밤
가로등 불빛에 의존한 채
거북이처럼 엉금엉금 기었고
얼굴에는 두려움이 일었다

마음은 천근만근 같았지만
몸은 자유를 갈망하며
초승달이 인도하는 길 따라
점차 속도를 높였다

밤바람 따라서
하늘을 나는 듯 달려온 집
사랑스러운 두 아들이
힘들게 돌아온 길 위로하며
웃음으로 반겨준다.

시인
김유진

그녀의 봄날 외 9편

어느 날부터 감성의 실핏줄이 터진 것인지
혼잣말하고 깊은 생각을 하게 하는 너에게
속마음을 주저리주저리 쏟아내어 나만의 뜨락에
글 향기를 스미게 했다.
그로 인해 수수하던 마음의 조각들이 내 인생 속
삶의 여백에 정갈한 봄꽃으로 짙은 향기 머금은
글 꽃이 수줍게 삐죽 내민다.
무심한 듯 유유히 흐르는 강물처럼 삶의 희로애락을
논할 것이고, 느지막이 찾아온 축복이라면
난, 기꺼이 즐기며 살아갈 것이다.

그녀의 봄날 / 김유진

소소리바람에 힘겹던 꽃잎이
창백한 연분홍빛을 내며
겨우내 움츠린 기지개를 켠다

자욱이 느개 내리는 새벽녘
속내가 잿빛 같은 미소와 마주칠 땐
가슴속엔 옅은 그리움이 스며들고

속살 보일 듯 말 듯 가녀린 꽃망울이
봄기운 돋은 선홍빛으로 터지는
외마디가 심금을 울린다

산다는 것이
그리움마저 다 태워버렸다 해도
또다시 외로움이 밀려들 때는
바람에 여린 꽃잎의 향기를 날려보라

나뭇가지에 푸른 눈이 뜨는 봄날
허우룩하던 마음의 뜨락에도
고운 꽃술이 물들고 있다.

늘 가까이 / 김유진

심장의 고동 소리처럼
너의 공간에서 나를 느낀다
인생길 오르막 내리막길에서도
다독이듯 응원의 손을 잡아준 너

가끔 너의 숨결이 지칠 때면
옆구리를 쿡 찌르며 피식 웃다가
가만히 태엽을 감아 주면
물먹은 꽃처럼 금방 생기가 넘쳐났어

사랑의 향기를 잃고
이별의 고통에 긴 신열로 앓은 후에
또 다른 길을 찾아 나설 때도
늘 같은 걸음으로 지켜봐 주었지

언제나 나의 하루는
너의 눈 맞춤으로 시작되고
햇볕 따스하게 내려앉은 이 봄날에도
우리 이야기는 계속된다.

햇살 같은 마음으로 / 김유진

해 저문 지 한참
일상의 고단함이 무릎까지 내려와
누군가의 위로가 필요할 때
별빛처럼 은은한 사람이 있습니다

그 사람으로 인해
종일 쌓인 피로가 와르르 풀어지고
구기진 마음 하나둘 펴집니다

그 여운으로 여는 아침
휴대전화의 수신호에 눈길이 닿으면
안부의 쪽지에 환한 나를 봅니다

산다는 것이 다 그렇겠지만
소소한 행복으로 인해 하룻길이
윤슬처럼 반짝입니다

외로움을 거둬 낸 가슴
혼자가 아닌 함께할 수 있다는 것이
힘이 솟고 훈훈해집니다

어떤 고난이 와도
서로에게 내민 마음 변치 말고
예쁜 울타리에 기댔으면 합니다.

희망의 불꽃 / 김유진

절망의 벽에 부딪혀
더는 한 발짝도 내디딜 수 없을 땐
무너질 수도 주저앉을 수도 없기에
촛불 하나를 켠다

공간을 드리운 불빛은
다사한 분위기를 자아내고
깊은 상처로 삭정이 된 영혼은
간절한 염원을 두 손에 담는다

고요한 촛불은 벌룽벌룽 춤을 추며
불꽃이 밝아졌다가 어두워졌다가도
바람에 거불거리며 타오른다

어른거리는 그림자도 덩달아 춤춘다

내 작은 촛불의 춤사위가
한밤의 기도를 흔들어 깨울 때
저만치 새날의 동살이 비치는 것이

곧, 희망의 둥근 해가 떠오르겠다.

산행의 깨달음 / 김유진

꽃피는 봄, 산에 오른다

불거진 정맥처럼 뿌리 엉킨 소나무
세월을 밟는 지난 생의 두께를 벗고
울퉁불퉁 드러낸 뼈마디가 아파진다

그리움과 기다림을 닮아 낸 솔향이
기진맥진한 꽃잎을 토닥거리니
진달래꽃이 수줍게 웃고 있다

나의 비밀을 아는 오솔길은
내가 어디쯤의 낙엽에 미끄러졌는지
어느 바윗돌에서 울고 웃었는지를 안다

천년의 세월 바윗돌 이마에 주름져도
동맥의 왕성한 흐름 속에 피고 진 세월
소나무의 존재감 같은 중년의 봄

꽃지는 봄날, 산을 내려간다.

참, 예쁘다 / 김유진

그 떨림 잊을 수가 없다
입술을 오물거리는 작은 생명체
널 처음 안은 순간 붙여진 엄마라는 이름

가슴 뭉클한 그 날
기쁨 뒤에 따라온 커다란 두려움에
숨죽여 울었지

까만 눈망울을 맞추며
조막손으로 꼭 잡아줬을 때
심장 깊숙이 차오른 전율의 울림
넌 그늘 없는 행복이었어

혼자만의 세상에서 힘들어하던 시간
나를 외롭게 하고 아프게 했지
너를 깊이 이해하지 못해 미안하고
속상한 마음에 아렸던 가슴
넌 아픈 사랑이었어

어버이날
오월의 장미보다 더 예쁜 얼굴로
손편지를 건네며 행복하다는 너
눈물 나게 진한 감동이었어.

꽃은 필까 / 김유진

문틈으로 바람이 숭숭 들어오던
찌들어 퇴색한 좁은 방
벽지의 꽃무늬는 새롭게 피었을까

초라한 너의 모습이 싫어서
싸늘히 식어버린 두 마음은
말없이 떠난 너를 이해하지 못했다

따뜻한 너의 온기는 사라지고
청아하게 지절대던 새소리는 멈추고
빗소리만 내 맘에 후드득거린다

소리 없이 내리는 봄비처럼
너의 발길을 잡을 수 없었던 걸까
기다려 줄 수는 없었던 걸까

감싸 안을 너른 가슴이 없었던
마음의 빈곤을 탓하는 속상한 봄날
떨어지는 꽃잎이 가슴을 스친다.

빨래터의 추억 / 김유진

햇살이 간지럼 태울 때
부스스한 얼굴의 가시내가
빨래터 가자는 언니 뒤를 따른다

졸졸 흐르는 차가운 냇물에
세수하고 머리를 감으니
온몸에 찌릿한 찔레꽃이 피어나고

빨랫방망이 두들기는 소리와
아낙들 너스레에 무지개가 갸웃하고
짓궂은 농담에 응어리 터진 웃음소리
왁자지껄 정겨움이 묻어난다

미루나무 사이로 시리도록 푸른 하늘
조각구름 위 종다리가 까불거리니
처진 빨랫줄에 바지랑대도 춤춘다

양지에서 몸을 말리던 옛 추억들이
태엽이 감기듯 기억의 저편으로
아스라이 멀어져 간다.

박하사탕 / 김유진

설탕 분가루가 묻어 나는
박하사탕을 맛볼 때면
울 아버지 생각이 난다

아버지는
속이 더부룩하거나 답답할 때면
소다를 드셨다

낯선 타향살이
얼마나 이방인 같은 마음 헛헛함이셨을까
음식인들 입맛에 맞으셨으랴

가끔 우수에 찬 눈으로
먼 곳을 멍하니 바라보실 땐
고향에 계신 할머니를 생각하시나 했다

그러시던 아버지
언제부턴가 머리맡에
박하사탕을 두고 즐기셨다

청량하게 퍼지는 박하 향이
답답한 속을 뻥 뚫듯 한
시원한 맛 때문인 듯하다

아마도
주전부리가 아닌
당신만의 처방전이었으리라.

지켜본다는 것이 / 김유진

시대적 흐름일까
도덕 불감증 탓을 해야 하나
문명에 따른 감시의 눈이 많다

전봇대는 묵언하는데
넌 높은 곳에서 예리한 눈빛으로
희번덕거리며 모든 것을 지켜본다

때론,
든든하지만 사각모 꾹 눌러 쓴 철면피에
죄 아닌 죄를 짓는 듯 흠칫흠칫 하다

사고를 예방하자는 방책인데
본질은 점점 흐트러지고
온갖 수단에 이용됨이 씁쓸하다

파수꾼처럼 지켜줌에도
미덥지 못한 떨떠름한 느낌은 왜 들까?
울타리 없던 시절이 그립다.

시인
김종태

여행을 즐기다가 외 9편

돌아보니 난 길을 걷고 있었다
너를 향한 그리움은 태산보다 높지만
그 길을 향하여 걸음을 딛는다
애끓는 마음으로 절절하게 부르짖으며
흩어진 파편을 모아 엮어
어깨에 하얀 날개 달고 시간 위에 걸터앉아
구름처럼 바람처럼 흐르고 흘러서
향기 흐르는 더 넓은 세상을 그리고 싶다.

여행을 즐기다가 / 김종태

태양과 함께 일어난다

꿈틀거리는 탐욕을 잠재우며
넓은 대지에 뿌리를 내린다

쉽게 마음을 드러내지 못하고
속으로만 까맣게 타들어 간다

매서운 칼바람도 맞으면서
소리 내지 못하고 숨을 쉰다

가야 할 곳을 모르는 듯
높이 올라 하늘을 본다

검은 바다의 수평선에는
붉은 노을이 마주한다

여행을 즐기다가
조금 전까지 헤엄치던 갈매기는
꿈을 꾸며 높이 비상한다.

길섶에서 / 김종태

길을 가다가 길섶에 서 뒤돌아보니
세상 유혹에 눈 돌릴 겨를도 없이
바람에 맞서며 당당하게 살아온 삶

살을 에는 된바람 부는 산마루에서
총알 같은 모래바람 부는 사막에서
아름드리나무들이 빽빽한 숲에서도
주어진 일에 늘 감사하며 살아왔다

첫길을 만날 때마다 생기는 호기심
산 밖의 이웃에게 지름길 알리려고
고단한 줄도 모르고 한없이 빠져든다

하루해가 저물 때까지 길섶에서
걸어온 길과 걸어갈 길을 생각하며
남은 인생의 여백을 배려와 사랑으로
넉넉하게 쉬었다 갈 길섶이 되련다

들풀이 되다 / 김종태

대나무가 좋아 성긴 대숲으로 간다
퇴비를 주고 황토를 덮어
댓잎을 삶으며 대 끝에서 삼 년
대쪽 같이 살자던 마음이 흩어진다

황금나무를 찾아 먼 나라를 간다
숲은 헐벗고 욕심은 커진다
나무는 찢어지고 목이 말라 온다
구릿빛 껍질을 벗겨 옷을 만들어
삭막한 사막에 날려 보낸다

시간이 지나 모든 것을 내려놓고
지난날들을 조용히 덮어놓는다
곱게 물든 단풍을 그리려다
말라버린 낙엽을 그린다

잡초가 되기 위해 초원에서
혼자가 아닌 여럿이 모여서 산다
길 건너편 밀밭 잡초가 부러워하는
작은 수분을 전하는 나는 들풀이 된다.

검은 반점 / 김종태

천둥 빗소리에 양철 밑은 요란했고
검은 속살을 감추려고 흰 석상을 씌운다
마침내 살갗을 덮으며 드러낸
굳은 혈의 일그러진 멍에를
더욱 선명하게 스스로 빚고 있다

파내려다 칠하고 지우려다 그린다
이렇게 어루만진 적이 있었던가
묻혀 버린 줄 알았던 상처 덩어리가
둥지를 틀고 깊은 자국을 드러낸다

얼어버린 부위는 광택을 내며 창백해진다
어둡고 퀴퀴한 동굴에 갇혀
여러 해 비명을 질렀지만
아무도 그 울림을 듣지 못했다

몸에서 몸으로 승화되어 피었다가
사그라지지 않고 몸 밖으로 피어나는
그 꽃은 기다리지 않아도 찾아오는
엄마가 속삭이는 아픈 흔적이다.

엄마의 숨결 / 김종태

비탈진 언덕 바위틈에서
꺾이고 잘려도 잘 견디려고
있는 듯 없는 듯
양지바른 곳을 찾아 삼동을 보냈다

따스한 봄기운을 잊었을까 봐
형광 물감을 끼얹은 듯
눈부시게 차려입고 다가와
내 마음도 짙게 물들인다

꽃잎이 햇볕 속에서 빛을 낸다

숨을 쉬고 대지에 날리며
쉼터를 찾아 사방을 헤맨다

혼자 있으면 외로워서일까
여럿이 모여 향기를 속삭이며
넓은 산허리를 두 팔 벌려 보듬는다

불곡산 진달래 분홍빛은 고향의 색깔이며
깊은 향기를 전하는 엄마의 숨결이다.

지나온 세월 / 김종태

한동안 찾아 헤맨 가슴을 열고
맑은 렌즈에 깊이 빠져
몇 해를 기다리고 기다린 만남에
설렘으로 마주한 얼굴이 볼그레하다

유채꽃밭 언덕에서 달콤함을 함께하고
강한 광선을 반사하여 담았다가
순간 포착을 머릿속에 그리며
영원히 함께하자고 약속을 했다

너를 통하여 찰나의 세상을 봤지만
변화무쌍한 앞날을 예견하지 못하고
오래전부터 불어오는 새로운 바람에
거리를 두어야 함은 피할 수가 없다

세월이 흘러 침묵하면서 보낸 시간
삼각대의 중심축이 기울고 있지만
어둠 속에서도 빛나는 너의 눈동자는
내 마음속에 청춘이 되어 돌아온다.

삶과 죽음 / 김종태

들녘 양지에서 희로애락을 즐기고
다른 한편에선 태양을 봤으면 하는
간절함을 못 이루고 생을 마감한다

어둠 속에서 지친 몸은
처진 어깨에 힘이 빠지고
힘겨움에 짓눌려 누워있다

시간이 지나 무심한 바람에
한쪽 날개가 날아가더니
바싹 마른 몸마저 날아간다

바람에 몸을 맡긴 나비를 보면서
언젠가는 떠나야 하는 것을
삶이란 무엇인가 상념에 빠진다.

침묵 속의 기도 / 김종태

아버지는 강철이라는 강한 이름과
집안의 돌림자를 딴 병열이란
순한 이름을 가진
두 이름의 아버지셨다

화를 내지 않고 침묵으로 참으시면서
먹고 싶으신 것 못 드시고
하고 싶은 말씀 못 하시고
울고 싶은 마음을 숯처럼 태우셨다

강한 남자여서 눈물을 보이지 않으셨고
화내시고 싶은 것 다 참아 내시며
자식들 먹이고 키우고 공부시키느라
어깨에는 바위 같은 짐을 지고 사셨다

아버지는 가정을 지키는 버팀목으로
가족을 지켜야 하는 힘이 겨울 때
약한 모습 보이지 않으려고
돌아앉아 묵주 기도를 하셨다.

한길 / 김종태

해외 생활로 알람이 깨워주던 시절
희미하게 밝아오는 빛과 함께
소리를 내면서 내게 다가와
힘차게 하루를 시작한다

뜨거운 태양 아래 사막에서
고원지대 대륙에서 습한 늪지에서도
살며시 곁에 와 속삭이며
고국의 그리움을 달래주었다

한 방향으로 스쳐 갈 것을 알면서도
함께 붙어 있지 못하는 너의 바늘이
떨어져 생활하다 휴가로 귀국하여
가끔 가족을 만나던 내 삶처럼
한 지붕 아래에서 기다림을 같이했다

지금은 시대 속으로 떠나갔지만
한눈팔지 말고
한길을 가게 해 준 알람시계
함께했던 그때의 울림이 그리워진다.

눈물을 닦는다 / 김종태

가냘프고 연약한 몸 아끼지 않고
허물을 벗으며 마음마저 빼앗기고
정신까지 혼미해 와도 어둠을 밝힌다

질곡의 세월을 눈물로 흘러내리며
서로의 상처를 보듬어 주고
사랑을 쌓아가며 껴안는다

부끄러움 하나 없이 온몸을 드러내며
뜨거운 물을 풀어
마음속의 응어리를 씻어낸다

쇠약해 가는 몸 전부를
힘을 모아 이웃에 전하고
사그라지는 실오라기는 허무를 깨달으며
스스로 빛을 전한다

무릎을 꿇고 지내 온 삶을 돌아보며
마지막까지 타오르는
당신의 희생에 눈물을 닦는다.

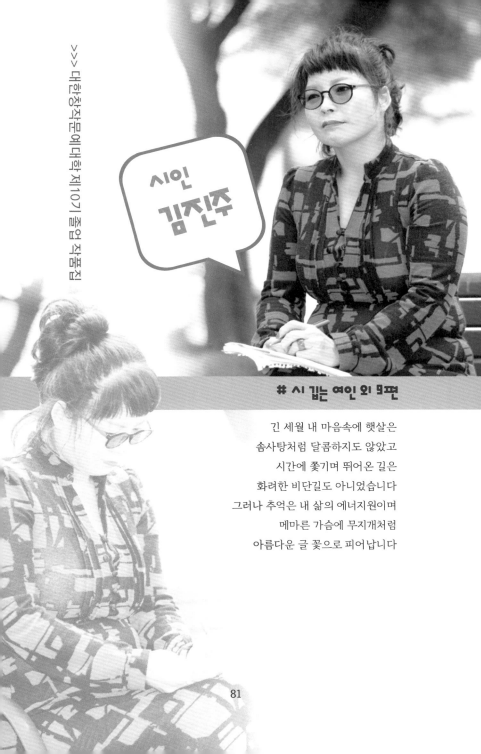

시인
김진주

시 깁는 여인 외 9편

긴 세월 내 마음속에 햇살은
솜사탕처럼 달콤하지도 않았고
시간에 쫓기며 뛰어온 길은
화려한 비단길도 아니었습니다
그러나 추억은 내 삶의 에너지원이며
메마른 가슴에 무지개처럼
아름다운 글 꽃으로 피어납니다

시 깁는 여인 / 김진주

새벽안개 자욱이 피어오르고
잠에서 덜 깬 채 눈을 비비며
카디건을 주섬주섬 걸쳐 입고
문을 나서는 나는 시 깁는 여인

바쁜 걸음 뒤로 열 구름 따르고
주머니 채우려고 버스에 몸을 맡겨
알 수 없는 세상 속으로 들어가니
마음은 활활 타오르는 활화산이 된다

널 향한 그리움으로 목마른 나는
이곳저곳 발을 내디뎌 찾아 헤매고
흩어진 조각조각을 주워 담으며
아름다운 시를 머릿속에 그려본다

뜰에 내린 달빛 꽃살문에 스밀 때
고단한 하루를 마감하고 돌아와
주머니에 불룩이 담긴 조각을 꺼내
한 땀 한 땀 예쁘게 시를 깁는다.

동구리에 담긴 추억 / 김진주

할머니께서 만들어 주신 쑥버무리
아껴 먹으라며 한 뭉텅이 주시고
나머지는 동구리에 담뿍 담아
부엌 시렁 위에 올려놓으셨다

게 눈 감추듯 먹은 코흘리개 소녀는
더 먹고 싶어 까치발 들고 효자손으로
동구리 밑을 툭툭 건드려 바닥에
'쿵' 떨어뜨려서 그예 손에 쥐었다

인절미와 시루떡도 아닌 쑥버무리
동구리 뚜껑을 열자 쑥 냄새 가득
보드라운 맛이 입안 가득 맴돌고
점방에서 팔던 왕사탕보다 더 좋다

세월이 지난 지금 동구리를 보면
어린 시절 먹던 쑥버무리가 생각나고
해 질 녘 서쪽 하늘의 노을처럼
진 할머니가 정말 그리워지고
보고 싶다.

초연히 불사르고 / 김진주

영혼의 갈증을 달래주듯
밤낮을 가리지 않고 하얗게 타오르는
시계는 늘 목마른 존재이다

호락호락하지 않는 세상에다
나를 던지는 희생 들숨 날숨
허덕이는 고행의 삶인 것이다

생이 다하는 날까지 초연히 사라질
째깍째깍 초침의 거친 숨소리는
어둠 속에서도 작열해 불사른다

태워도 태워도 타지 않고
선혈이 낭자해도 굴하지 않는
끝없이 돌고 도는 우리의 삶과 같다.

보물상자 / 김진주

화장대 서랍 속에 자리 잡고 있는
일회용 카메라가 눈에 띈다

외 눈으로 세상을 보고
작은 몸으로 온갖 사연을 품고도
버겁다 힘들다 배부르다고 한마디 말이 없다

판도라 상자처럼 때가 되면
추억을 남겨 두고 빛을 잃겠지만
내 곁에 있는 너는 참 대견하다

기쁨일 수도 아픔일 수도 있는
많은 사연을 침묵으로 일관하며
일생을 잘 견뎌 준 너는
나의 소중한 보물 상자이다.

사랑했던 흔적 / 김진주

꽃피는 봄이 오면 부서져 버린
옛사랑 아픈 흔적으로
빈 가슴을 여민다

명치끝에 걸린 시린 추억
삼킬 수도 토해낼 수도 없는
아린 상처이다

바람 불어 꽃잎 흩날려 가는
저기 어딘가에 그대 있을 것 같다

그때 그 사랑 때문에 그대도
나처럼 꽃을 보면 눈물이 날까

그때 그 추억 때문에
붉게 물든 노을이 울어 버린다

사랑했던 짧았던 기억 빛바랜 사진
아련한 당신의 흔적 때문에
가슴이 울어버린다.

부족한 여백 / 김진주

화무십일홍이라 했던가
화려한 날은 그리 오래 가지 않았다

정상에서 허물어져 내리는 것은
한순간 하얀 파도에 쓸려가는
모래성 같은 것이었다

세상에 나를 내놓고 눈물 한 방울에
다져지고 한숨 씹어 삼키며 밤낮으로
숨 가쁘게 살아왔다

어제는 장다리꽃이 곱더니
오늘은 파란 하늘이 고맙고
맑게 불어오는 바람이 참 예쁘다

아직 채우지 못한 내 인생의 여백은
요순시대처럼 태평한 날이 오면
그때 차근차근 채워 보련다.

가난했던 시절 / 김진주

감자밭 둑에서 옆집 오빠와
삘기 뽑아 먹던 어릴 적
그땐 그것이 가난해서
배를 채우기 위함인지 몰랐습니다

녹음 짙은 들녘을 품에 안고 있는 찔레나무
통통한 줄기는 아삭아삭하고 달콤하여
세상 부러울 게 없었습니다

제비쑥 새순 뜯어 질근질근 씹으면
달콤하고 쌉싸름한 맛은
오래도록 입술에 남아
녹색의 미소를 짓고 있었습니다

동구리 속 보리 개떡 한 조각은
할머니가 주신 최상의 만찬이었고
하루를 살아갈 수 있었던
최고의 선물이었습니다.

가면무도회 / 김진주

어디부터 잘못되었을까
누구를 원망해야 하는가
여기저기 둘러봐도 복면의 물결

언제쯤 끝나려나 여울지는 슬픔
가면무도회 속 너는 나를 가장하고
네 모습에 나는 분개하고 혐오한다

발자국마다 복면의 물결이
검은 그림자처럼 밟아도 죽지 않고
화수분처럼 끝없는 근심덩어리

언제쯤 끝나려나
검푸른 바다 같은 복면의 물결
봄이 오면 끝내야 할 가면무도회

가슴에 묻어둔 이름 / 김진주

영혼까지 사랑하겠다며
오색 잉아 줄로 맺은 인연은
새 생명을 잉태했지만
기쁨은 그리 오래가지 않았다

돈 벌어 오겠다며
소를 타고 떠난 아버지는 함흥차사였고
오월의 과수원집 뜰 안에는
서슬 퍼런 모녀의 가슴에
서리가 내리고 냉가슴앓이에
놀란 모란은 피지도 못하고
웅크리고 있었다

어느 깊은 가을날
수정처럼 맑은 눈을 가진
어머니의 눈물은 바다 되어
하늘에 닿아 진주를 품었네

가슴에 묻어둔 아버지를
그리워하며 나는 눈물 많은
소녀로 자랐고 "아버지,," 하며
한 번만이라도 그 이름을
불러보고 싶었다

훗날 천상에서
딸을 만나면 알아나 보실는지.

그 계절이 봄이 오면 / 김진주

촉촉이 내린 봄비의 바쁜 걸음 뒤
사춘기 처녀의 부푼 젖가슴처럼
어여쁜 연분홍 꽃망울 여울진다

지천에 진달래 피면 길게 누운 저녁노을은
눈시울 적시며 사뭇 흐릿해진 기억은
추억을 붙잡고 삼수갑산에 오른다

그 계절이 봄이 오면 울울창창 화르르 피어난
진달래꽃 산천에 연분홍 양탄자 끝없이 깔리고
구름바다 저 멀리 아련한 추억 속에

그리움으로 물들여진 눈물어린 언덕
갈래머리 소녀는 바구니 옆에 끼고
진달래꽃 따러 간다.

시인
박광섭

대나무처럼 살라 하신다 외 9편

타오르는 심장을
허공에다 묶어두고
뼈를 깎는 아픔으로
너를 품어본다

장미꽃 향기가 물씬 풍기는 오월
오랫동안 가슴에 묻어 두었던
갈망의 늪을 벗어 던진다

여백을 채우지 못한 백지에
독자분들과 이야기꽃을 피우며
가슴을 울리는 행복 나래의 꿈을
펼쳐 보고 싶다

92

대나무처럼 살라 하신다 / 박광섭

곧게 뻗은 가냘픈 몸매
마디마디에 새겨진
아련한 추억들이
당신을 향한 그리움으로 피어납니다

세찬 비바람이 불어도
사철 푸르른 대나무처럼
속을 비우고 가슴으로 우시던
당신의 모습에 눈물이 앞을 가립니다

대쪽 같은 곧은 성품
세월 앞에 허리는 휘어지고
정직하고 어른 공경하며 살라는
그 말씀 귀에 박혀 하늘을 찌릅니다

백설같이 흰 눈이 내리는 날
짊어진 삶의 무게를 견디지 못하시고
대나무같이 곧게 살라며
훈장님이 되어 나를 인도합니다.

초상화 / 박광섭

살아가는 건
형상 없는 꿈의 실체를
그려내는 것이다

바람에 흐른 구름처럼
지난날을 뒤돌아보면
늘어난 주름살만큼
애환도 켜켜이 쌓여있다

나는 빈손으로
삶의 암반층을 긁는다
바스러져 나오는 각질 속에서
꿈의 잔해가 뱉어내는
숨결이 간간이 묻어 나온다

그 숨결
그 애잔함이
한 폭의 시를 붓 삼아
나의 굴곡진 초상화를 그린다.

봄의 향연 / 박광섭

봄의 향기가
해님과 입을 맞춘다
영혼이 서린 맑은 눈으로
너를 담는다

눈송이처럼 하얗게 핀
실개천의 버들강아지
강렬한 눈빛으로
너를 엿본다

꽃보다 아름다운
오월의 녹음
설렘으로 다가가
찰나의 순간을 품는다

봄이 꾸민 정원에
셔터 누르는 소리는 빨라지고
저물어가는 석양빛처럼
한 몸이 된 우리는
추억의 페이지를 남긴다.

화전에 핀 꽃 / 박광섭

부챗살처럼 펼쳐진
아침 햇살이
커튼을 밀치고 들어와
추억의 문을 두드린다

어린 시절 고향에서는
버들개지에 새순이 돋아나면
산기슭마다 연분홍 꽃잎이 타올라
창문을 붉게 물들였다

온 가족이 꽃잎처럼 둘러앉은
낡은 툇마루에서
꽃살 화전을 오물거릴 때
봄은 뒤뜰에서 도란도란 거렸다

주름살을 펴듯 창문을 열고
기억을 더듬는 두 눈 속에
어머니의 화전은
모락모락 이야기꽃을 피운다.

삶의 애환 / 박광섭

주거니 받거니
너의 입맞춤에 속내가 비치고
취기가 오른 얼굴에
삶의 애환을 풀어헤친다

사라져 가는 통장의 숫자들
울상으로 얼룩진 일상에서
슬픈 노래의 선율이
목젖을 타고 흘러내린다

축 처진 어깨 위에
비듬 같은 괴로움만 쌓이고
가시 돋친 혓바늘은
궤변을 늘어놓는다

끝이 어딘지 알 수 없지만
돌아갈 수 없는 길이기에
한 잔 술에 달고 쓴 삶을 노래하며
이정표 없는 길을 달린다.

허술해진 계획 / 박광섭

새해에 품었던 계획은
한 장 넘긴 달력이 흐릿해지더니
나의 등을 떠밀며 재촉하듯
쉴 새 없이 째깍거린다

한겨울의 시련을 딛고
나목들은 새순을 피우는데
나와의 약속은
겨울비에 씻기었나 보다

현관문을 열고 나서본다
등산화에 쌓인 먼지를 털고
오르는 산은 어디론가 떠나가고 있었다
화창한 하늘에 머리를 맑게 씻어본다

어느새 삼월의 달력은
꽃을 한껏 피우고 봄볕에 누웠는데
나의 시계는 훈장님처럼
허술하게 풀린 계획을 고치라 한다.

찔레꽃 / 박광섭

언덕배기 무더기 진 곳
어릴 적 뛰어놀던 추억이
수줍은 누이처럼
하얗게 피어오른다

햇살 가득한 오월의 날들
허기진 배를 채우고 채웠던
가난한 삶의 여백을
가슴에 그리고 있다

물이 오른 푸른 순을 꺾어
입맞춤으로 향을 머금고
사각거리는 옛이야기를
속삭임으로 듣는다

화려하지도 않고 수줍은 미소는
그리운 햇살에 익어가고
은은하고 고운 향기에
상처로 얼룩졌던 삶을 날려 보낸다.

꽃향기 / 박광섭

눈을 감으면
고향 집이 보인다
오늘같이 눈 내리는 날이면
은근한 화롯가에 앉아 있는 듯
가슴이 따듯해져 온다

가슴 시린 보릿고개 시절
살림 가난한 안방에는
지나가던 겨울바람에
문풍지 우는 소리 들으며
청국장이 뽀글뽀글 끓었다

옹기종기 눈 꽃송이 같은
구 남매의 숟가락이
밥사발에서 달그락거리는 동안
청국장은 어느새 동이 나고
곰삭은 향기가 방안에 퍼졌다

눈을 감으면
고향 집이 보인다
오늘같이 추운 날이면
어머니의 체취가 꽃향기처럼
칼바람에 실려 훨훨 날아온다.

품고 싶은 시 / 박광섭

타오르는 심장을
허공에다 묶어두고
뼈를 깎는 아픔으로
너를 품어본다

짙은 어둠을 태우고
뜨겁게 타오르는 숯불처럼
검게 그을린 가슴에는
수심이 가득하다

애타는 가슴을 쥐어짜고
여백을 채우지 못하는 백지처럼
노을 진 석양이 사라지듯
가물거리던 불꽃이 하얗게 식어간다

지난 밤은 눈썹을 다 태우고
연기뿐인 재가 되었다
백지 같은 아침이
아무 일 없는 듯 창을 두드린다.

심연의 빛 / 박광섭

짙은 어둠의 고요 속에서
꺼질 줄 모르는 가녀린 촛불이
가까스로 삶을 이어가고
까만 밤을 하얗게 태운다

자신을 불사르는
헌신의 열정은 빛이 되고
사랑이 넘치는 가슴으로
뜨거운 눈물이 흐른다

바람같이 지나온 세월
혈기와 욕망으로 가득했던
지난날의 자화상을
떨림으로 바라본다

곧게 뻗은 심지는
어둠을 밝게 밝히고
아직 재가되지 않은
영혼의 불꽃은 뜨겁게 춤을 춘다.

시인
박현영

울다가 웃다가 외 9편

아름다운 동행

너무나도 빠르게 지나간 시간
함께여서 설레었던 배움의
길을 걸을 수 있었나 봅니다
시어로 꽃을 피우는 행복함은
누구나 같으리라 여겨집니다
꽃보다 아름다운 동행 잊지 않겠습니다

울다가 웃다가 / 박현영

노을빛 지는 바닷가에
갈 곳 잃은
한 여자가 울고 있습니다

하얗게 파도가 밀려들어
심장을 적시고
살풋한 입맞춤에
여자는 웃고 있습니다

행복이라 여기었는데
파도는 그리움만 토하고
짙푸른 바다로 숨어 버렸습니다

섧디 설어 눈물을 뿌리던
여자는 이별의 아픔을 숨기고
바람을 따라갔습니다

바람을 따라가다
하늘빛 파도가 생각나
다시 돌아온 여자는
빛바랜 추억을 펼쳐 들고
울다가 웃다가
은빛 바다에서 사랑의 꿈을 꾸었습니다.

소녀의 추억 / 박현영

아지랑이 아른아른 피어오르는 들판
종다리 높이 떠 지저귀고
달래 냉이 나물 캐던
단발머리 소녀가 까르륵 웃는다

검푸른 하늘바다 은하수 흐르고
지붕 위로 쏟아지는
별을 따던 단발머리 소녀는 잠들어간다

누렁이 풀 뜯던 실개천
아직도 휘돌아 흐르건만
애절한 산비둘기 소리만 맴돌고
풀피리 불던 오빠는 어디 갔을까

종다리 떠나 멈추어버린 시간
이끼 낀 우물가엔
하늘 바람 별 소녀의 추억이 멈춰 있다

너를 보면 사랑하고 싶다 / 박현영

너를 보면
사랑하는 이 앞에
진홍빛 꽃으로 피어나고 싶다

사랑하는 이를 기다리는
애절한 마음이 진달래꽃으로
발갛게 피었나 보다

뚝뚝 흐르는
꽃잎이 입술을 적시고
새큼한 향이 온몸을 타고 내려
발길을 뗄 수가 없었다

온산을 태우고도 모자라
가슴을 발갛게 태우는 진달래
너를 보면 영혼을 사르어 사랑하고 싶다

나 하나의 촛불 / 박현영

캄캄한 밤 어둠이 찾아오면
가슴속 불을 밝혀
내일의 안녕을 바라는
나 하나의 촛불을 켜놓습니다

춤추는 불꽃은
어둠을 뚫고 뒤척이며
폐부 깊이 흘러
검은 침묵 속에서 타오릅니다

불꽃은 깊은 숨결 빨갛게 토해내고
떨어져 내리는 생각들은
불나방처럼 날아서
새벽의 뒤안길로 흘러갑니다

촛불은 온몸을 지피어
수천수억의 손길로
새 아침을 내려놓고
가슴속에서 태양처럼 타오르며 꿈을 꿉니다

혼자만의 사랑 / 박현영

장밋빛으로 물들었던
가슴을 꼬옥 안고
지워도 지지 않는 그 이름을 불러봅니다.

지난날의 추억이
머리끝을 스치며
갈바람에 잿빛으로 흩날리네요.

영원을 약속하며 걸었던
메타세쿼이아 가로수길이
갈 빛 옷을 입었네요.

하늘 끝에 닿았던 사랑은
가슴을 할퀴고
시린 하늘을 훨훨 날아갑니다.

내 안에 드리워진 그대 그림자
지워도 지울 수 없는
혼자만의 사랑이었나 봅니다.

흔들려도 예쁜 꽃처럼 / 박현영

눈이 부시게 예쁜 꽃들
하늘은 시리도록 푸르건만
지나간 시절 흔적은
시간이 흘러도 사라지지 않는다.

남겨진 너의 조각들
그림자처럼 따라다니며
힘들게 하여도
주어진 길을 걸었다.

가슴에 남겨진 상처
얼마나 더 가야 사라질까
바람에 흔들리는 꽃들이
이제 지워버리라 속삭인다.

푸른 하늘 조각구름에
모두 실어 보내고
흔들려도 예쁜 꽃처럼 살아야겠다.

오늘을 살며 사랑한다 / 박현영

봄 나비 사뿐사뿐 내려와
꽃들에게 살랑이며 입 맞추고
숨이 멎을 것만 같았던
가슴에 한 줄기 바람이 분다.

내 안에 파도가 넘실거리고
일상을 내려놓고 떠나
은빛 찰랑이는 수평선을 바라보며
바다와 하나가 되었다.

머릿속이 하얗게 비워질 때까지
부서져 내리는 파도와
시간 여행을 떠나 바다를 넘나든다.

고운 빛 담은 햇살
꽃잎을 내려주는 봄날
한편의 빈자리 남긴 채
한 폭의 수채화처럼 삶을 채색하고
오늘을 살며 사랑한다.

눈물 / 박현영

맹그로브 숲이 펼쳐진 톤레사프
해 질 녘 붉은빛 호숫가
반짝이는 잔물결 위로
가녀린 소녀가 쪽배를 타고 다가온다

어린 동생 등에 업은 채
그렁그렁 눈물 맺힌 눈망울
고사리 같은 두 손을 내밀고
도와달라 애절하게 외친다

금방이라도 무너져 내릴 듯한
구멍 뚫린 수상가옥에서
허기진 배를 움켜잡고 있을
가족을 위해 구걸을 나선 소녀

하루 종일 작은 손으로 노를 저으며
살기 위하여 몸부림치는 소녀
앙상한 손에 지폐 한 장 쥐여 주며
나는 소녀가 행복해지기를 바란다

가면 / 박현영

한 여자가 거울 앞에 서서
오늘은 어떤 옷을 입을까
몇 번째 갈아입기를 반복하며
빠르게 돌아가는 시곗바늘에
바빠지는 마음, 깊게 심호흡을 한다.

문을 열고 나서면
만나고 싶지 않은 일들
내면의 세계가 무너져
고통스럽고 두려운 얼굴에
웃음이란 가면을 쓴다.

분단장을 하고, 예쁜 옷을 입고
멋진 삶을 살아내기 위해
마음이 무겁고 힘이 들어도
희망을 안고 일어나서
새날의 문을 열고 길을 간다.

봄 여름 가을 겨울 / 박현영

별빛도 잠이 들고
부엉새도 지쳐 고요한 밤
쉼 없이 시간의 바퀴를 굴리며
하루를 보내고 지켜낸다.

나의 숙명은
때를 알려주기 위해 존재하며
생명이 다할 때까지
굴레를 벗어날 수가 없다.

하루를 나누어서
모두에게 알려주면
어떤 이는 기쁨의 순간이 되고
어떤 이는 절망의 순간이 되기도 한다.

봄 여름 가을 겨울이 가고
낮과 밤이 바뀌어도
나는 어김없이
자명종을 울리며 아침을 일깨운다.

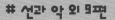

시인
손병규

선과 악 외 9편

지나온 시간이 동적이었다면
앞으로의 시간은 정적으로 살고 싶습니다.
거친 파도 같던 인생이 시(詩) 하나 품고
잔잔하게 항해하는 삶이길 바라며...

시(詩)는 먼 세상일이란 생각에
주위만 맴돌았는데 열린 문 속으로 들어온 영감이 시심을 부르며
아름다운 글로 내 생을 표현하고 삶의 흔적을 한 권의
시집으로 남겨두는 꿈을 꿉니다.

그동안 지도하여주신 교수님들
깊은 감사 드리며
함께했던 10기 동기님들의
건승을 빕니다.

선과 악 / 손병규

빛과 어둠을 양분한
모호한 경계선에서
승자는 선을 품어 안고
패자는 악을 짊어진다

선 속에도 악은 자라고
악 속에도 선은 자라며
양면성 속에 또 다른 양면성이
끊임없이 대립하며 충돌한다

세월에 닳아 해지다 보면
옳고 그름보다는 세상에 타협하고
자신에게 유하게 관대해지며
타인에게는 엄격하게 마주한다

가벼운 마음을 저울질하며
시시각각 변하는 인간의 마음속에
음흉한 미소로 내면을 파고들어
끝없는 갈등을 부채질한다.

일개미 / 손병규

뿌옇게 동이 터오면
신발 끈을 동여맨 아버지는
삽을 들고 사립문을 나선다

어둠 속으로 사라져 가는
굽은 등 마디마다
고달픔이 붙어 다닌다

작은 어깨에 뙤약볕을 얹고
밭고랑에 엎드린 시름
긴 고랑마다 내려놓으신다

호롱불도 잠든 문틈 사이로
하루를 덮는 통증의 신음으로
어둠도 차마 잠들지 못하고
공허함만 더듬다가 새벽을 맞이한다.

그리운 흔적 / 손병규

달빛 걸린 사립문
반딧불 하얗게 여울지던
고향 집에 들어서니
늙어 버린 초가삼간
앙상한 뼈마디 드러낸 채
힘겹게 버티고 서있다.

숭숭 구멍 난 문틈 사이로
어린아이들 웃음소리 들려오고
아버지의 고단한 숨소리도
귓가에 다가와 잦아드는데
조롱박처럼 매달린
오 남매 꿈들이 영글어 가던 곳
웃음꽃 피우던 그 흔적들이
망각(忘却)의 굴레에서 피어오른다

기도 / 손병규

힘겨운 애옥살이 설움
상처투성인 삶을 두려움 없이
촛불처럼 홀로 태우셨습니다

가슴으로 뭉쳐오는 연민
지워지지 않을 멍이 되어
촛농 같은 눈물을 흘립니다

홀로 넘나드는 생사의 길
얼마나 외롭고 힘이 드시나요
자식은 이제 곁을 지키려 하는데
떠나려 하시니 가슴이 미어집니다

바람 앞에 촛불 같던 삶도
강인함으로 잘 견디셨듯이
심지에 불이 다시 피어오르기를
아버지께 기도합니다.
당신의 사랑
내 어머니 지켜주세요.

비상(飛上) / 손병규

젊은 날 꿈도 푸르러
부딪히고 떨어지는 실패도
또 하나의 성장판이었다

도전은 삶의 원천이고
부챗살처럼 펼쳐진 청춘은 가도
내 꿈은 내어줄 수가 없었다

엄혹한 세월 건너고
인고의 날 지새울수록
삶은 더 단단히 다져져 갔다

모진 바람에 흔들릴지언정
나의 의지는 꺾이지 않고
더 힘찬 내일의 꿈을 찾아
오늘도 하늘 높이 비상한다

애타는 사랑 / 손병규

하얀 꿈에서 깬 연분홍 진달래
애잔한 사랑의 수줍은 몸짓을
짓궂은 바람이 흔들어 놓는다

따스한 햇볕 담긴 옅은 향기로
봄이 살짝이 다가와 속삭일 때
내 맘 송두리째 내어 주었다

두근거리는 마음 들킬세라
가슴 여미고 못다 한 사연의
실타래 한올 한올 풀어본다

임 오시던 발길이 잦아들면
더디 가는 시간 채근하고
애꿎은 가지 흔들며
두견화는 붉게 물들어간다.

이타적 삶 / 손병규

몸을 사른 불꽃으로
촛불을 일으켜 세우는 성냥
어둠을 밝히는 것이 자신을 위한
삶이라 여기는 촛불
끝내 허름한 뒷골목에 누워버린
뜨거운 청춘을 살았을 연탄

모두 소명이라 여기며
고요히 사라져갔다
꺼져가는 생명을 두드리고
한순간 어둠이 밀려와도
내 가슴은 한없이 뜨거웠고
한 줌의 재가 될지언정
기꺼이 불씨로 살아가리라

오평 그곳에는 / 손병규

꽃의 자태에 봄도 설레지만
눈길 주는 이 하나 없고
누렁이 황소가 눈만 껌뻑거린다

청운의 꿈은 어디에서 움 틔웠나
바람이 몰아치는 황량한 길가에
홀로 우두커니 옛 기억 더듬는다

이순을 바라보는 소년이
그토록 그리워하던 별들은
배꽃처럼 하얗게 쏟아져 내린다

어스름한 달빛은 냇가에 흐르고
민들레는 하얀 홀씨만 품은 채
고향 언덕을 말없이 지키고 있다.

꿈 / 손병규

술래만 하던
숨바꼭질 같던 지난날
톱니바퀴의 엇갈린 인생길
가던 걸음 되돌아본다

숨 가쁘게 버티어온 삶
조금 느려도 탓한 적 없고
먹구름 휘몰아치고 비가 내린 뒤
땅은 더 단단하게 굳어졌다

살여울 건너듯
아슬아슬했던 날들도
굴하지 않고 지켜낸 청춘
그 안에 또 다른 꿈도 있었다

못다 했던 지난 꿈을
꾹꾹 눌러 써 내려가는 그 밤
나를 닮은 꿈 많던 소년을
가만히 껴안는다.

지우(知友) / 손병규

청운의 꿈
가득했던 지난 시절
어깨만 툭 쳐도 서러워 울고

옛 추억은 가슴 한편에
만월(滿月)처럼 둥실 떠 있어
지나온 청춘 봇물로 터져 내린다.

굴곡진 삶 짊어지고
한 세월(歲月) 거닐다 보니
노을도 붉게 물들어가고

깊게 파인 주름살
서리 내린 초목에도
우정은 의롭게 깊어만 간다.

시인
송용기

나부터 의 9편

지나간 세월은 시련과 고통 속에
단련되었다
이제는 한편의 시속에 여백을 남기고 싶다
시를 통해 누군가 위로가 된다면
얼마나 좋은 일인가
시를 쓰는 순간이 늘 새롭고
행복하다
인생은 매 순간 끝없는 도전이다
글을 쓰면서 자연 속에서
긍정적인 마인드로 살고 싶다.

나부터 / 송용기

세상에는 선과 악,
빈곤과 부유, 참과 거짓도 있다

빈 깡통이 요란하고
꽉 찬 통은 조용하고 묵직하다

가는 정이 있어야 오는 정이 있듯
이 세상 모든 것은 나부터 시작한다

불신의 선상에 손 내밀면
세상은 온통 핑크뮬리처럼 물들겠지

묵묵히 홀로 지킨다 / 송용기

매일 끝이 없는 질주를 한다
행여나 자식한테 피해밀까
자랑스러운 부모가 되기 위해 또 달린다

가정의 우두머리로서
가정을 지키기 위해서라면
더 열심히 일해야 했다

비바람이 몰아쳐도 흔들리지 않고
바위처럼 든든한 아빠가 되어
한 가정을 묵묵히 지키기 위해
오늘도 홀로 달린다

고통 속에 피어난 꿈 / 송용기

비좁은 방 7남매 한 이불 속에서
살아남기 위해 몸부림치던 시간이
뇌리를 스쳐 간다

시련과 고통이 동반하는 헐벗음은
피할 수 없는 나의 삶이었고
거기서 벗어나기 위해 낮과 밤을 가리지 않고
기름때 묻은 기계를 매일 닦고 또 닦았다

손이 닳고 닳아 상처로 덧입혀지는
지루하고 긴 시간이었지만
나에게 엔지니어라는 이름이 다가오는 순간
삶의 한 자락 환희의 빛으로 다가왔다

엔지니어로 승승장구하면서
견딜 수 없는 공부에 대한 갈망은
나이와 상관없이 다시 가방을 둘러매게 하고
배움의 열정으로 삶이 피어난다

작은 나무가 모든 시련을 겪고
큰 나무가 되는 것처럼
가난은 아픔이었지만 인내와 겸손을 깨우쳐주고
꿈을 쉽게 포기하지 않도록 삶의 스승이기도 했다

아름다운 추억을 담아내는 상자 / 송용기

세상의 신비롭고 아름다운 모습
렌즈와 셔터로 순간 포착하여
상자 속에 담는다

아름답고 신비로운 모습도 바라보며
즐겁게 춤추다 그대로 멈춰라
찰칵 소리에 작품으로 남는다

모든 순간에 작품은
아름다운 추억을 담아내는 상자 속에서
먼 훗날 추억으로 남긴다

삶의 여정 / 송용기

겨우살이는 높은 고지에서
강추위에서 싸우고 견디며
끝까지 살아남아서 행복을 찾는다

우리의 삶에 녹아든 눈물도
견딜 수 없는 고통도
지나고 나면 별거 아니듯
고난 속에서 피는 꽃은 아름답기에
오늘도 열심히 살아간다

평탄치 않은 인생길은
하늘에 맡겨두고 가벼운 마음으로
내 삶의 여백을 채워가고 싶다

멋진 맛을 내는 삶 / 송용기

태양과 자연 속에 숨을 쉬는
아름다운 꽃을 닮은 인생처럼
내 삶을 펼쳐본다

말없이 흘러가는 세월 따라
불가마 속 옹기처럼 숙성되는 삶은
내 인생을 겸손하게 한다

자연과 더불어 살아가고
자연 속에서 익어가는 삶
오랜 숙성으로 완성된다

아름다운 꽃처럼 향기 내며
세상을 환하게 비추고
멋진 맛을 내는 삶을 살고 싶다

희망의 불꽃이 되겠다 / 송용기

나의 삶은 시련과 고통 속에서
힘들게만 살아왔다
누군가 똑같은 길을 가고 있다

그 사람을 위해 힘이 되고 싶다
내가 겪은 고통이 반복되지 않게

누군가가 나를 통해
위로가 된다면
더 좋은 일이 아닌가

나를 통해 그 사람이
힘이 되고 행복해진다면
희망의 불꽃이 되겠다

나는 언제나 즐겁다 / 송용기

아름다운 세상과
어김없이 바뀌는 계절은
자연이 우리에게 주는 선물이다

나의 삶 속에서
아이가 어른이 되고
삶도 화려하게 익어간다

슬픔과 행복도 찾아와
모진 고난과 행복 속에서
단단하게 변했다

슬픔도 고난도 지나고
행복이 찾아와
단단한 사람이 되고 나니
나는 언제나 즐겁다

산을 온통 붉게 만든다 / 송용기

진달래는
나뭇잎보다 꽃이 먼저 핀 나무다

마음껏 뽐내고 하니
꽃이 선발된 것이며
외로운 존재다

마음을 보여주고 싶어 하는
아름다움을 뽐내는 꽃이며

진달래꽃은 외로움을 달래며
마음껏 아름다움을 뽐내고
산을 온통 붉게 만든다

새롭게 꿈꾸고 살겠다 / 송용기

시간의 변화를 일정하게
나타내 주는 시계는
낮과 밤도 멈추지 않는다

겨울이 가고 봄이 오듯이
새날을 기대하며 꿈을 꾼다

지금은 꿈이 살아 숨 쉬는
아름다운 세상이 왔다

꿈이 현실이 되고
아름다운 새 세상에서
새롭게 꿈꾸고 살겠다

시인
유순희

달빛 감도는 고향 외 9편

이른 봄 싹을 틔우려
무던히도 애를 태웠어요.
보리밟기를 하던 어린애처럼
끝이 없는 밭고랑을
아장아장 다지며 걸어왔지요.
어떤 애절함도 울분의 속앓이도
속 시원히 내뱉지 못해
어쩌면 힘든 고랑 사이에서
헤매고 다닐지도 모르지만
정성 어린 손길로 사랑을 담아내렵니다.
다져진 고랑은 꽃길을 피워내고
만발한 꽃들은 님들의 함박미소입니다.

136

달빛 감도는 고향 / 유순희

달빛 감도는 월류봉 지나
주 마름 언덕에 나는 서 있다.

싸리꽃이 무성한 둑방을 따라
머리에 하얀 찔레꽃 봉실거리면
허리춤에 책보는 축 늘어지고
깔깔대는 소리 밭두렁을 타고
메아리로 돌아오는 그곳
달빛 감도는 고향이 그립다.

아버지 시제 따라 총총걸음에
굽이치는 여울목 돌무덤 길을
시루떡 안고 흥얼대며 돌아오던 길
산자락 그루터기 다람쥐 쉬어가는 그곳
달빛 감도는 고향이 그립다.

사박사박 언덕길에 해가 저물고
흙돌담 사이로 모락모락 고향 내음
어슴푸레 달빛이 나뭇가지에 걸치면
깔깔대는 소리에 별도 총총 내리는
오백 년 추억을 담고 축 늘어진
동구 밖 느티나무
달빛 감도는 고향이 그립다.

국수 / 유순희

매몰찬 사월 바람은
가난했던 시절처럼 뼈에 시리다.

어디메 굴뚝인가 밥 짓는 냄새
구름에 어우러져 산허리 걸치면
또! 국수야…!
앙탈이 담을 넘어 메아리친다.

"바꿔 먹자!"
담장으로 건네는 수북한 쌀밥에
앞집 오빠의 미소
눈물자국은 석양빛에 붉어지고
이웃의 정에 여섯 살 꼬마는 수줍다.

배불리 웃어라 이사를 간 방앗간
감나무 아래 소달구지가 삐거덕 거리면
우렁찬 소리 흰쌀을 토해 냈다.

허공에 짙어지는 부모님 얼굴
슬며시 끼어드는 앞집 오빠
사월 바람이 모질다.

팔베개 / 유순희

상엿소리 곡을 내던 소꿉놀이에
불호령으로 훈계하시어
울음에 지친 딸을 어루만지던
투박진 손길이 그립습니다.

주름진 이마에 동여맨 얼룩진 수건
쉴 틈 없이 왕왕거리던 방앗간에
구수한 막걸리로 흥이 돋으면
백숙 잔치로 웃음꽃이 만발이었고

모깃불을 휘저으며 별을 세던 팔베개도
거칠게 속삭이던 아버지의 턱수염도
추억을 안고 희미해진 밤하늘처럼
그리움으로만 남았습니다.

백세를 장담하시던 당당함은
방앗간 소리와 함께 멈추었고
못다 한 보답 가슴앓이 먹먹함은
그리운 이의 숨결로 남아 있습니다.

계절이 오면 / 유순희

벗꽃이 햇살을 이고 내려앉으면
슬그머니 선홍빛 반점으로
아려오는 멍에

가라앉나 싶더니
흩날리는 꽃잎은 지난 사랑을 담아
얄궂은 수채화로 담아낸다.

한바탕 요동친 가슴앓이 생채기는
녹음이 짙어질 무렵
나이테를 남기며 아물어가고

가슴이 멍울지는 계절마다
선홍빛 반점의 흔적은
열꽃으로 피어 열매를 맺는다.

백년초 / 유순희

천 리 길 마다치 않고 따라와서는
옆 가지로 움을 틔우더니
괜스레 다가와 눈까지 맞추자네

배배 꼬인 심성은
실 가시를 뿜어대며 성을 내고
게으른 팔뚝으로
벌겋게 줄지어 선다.

싱그러운 봄바람을 나눌까
목마름을 달랠까 어루만지니
노란 속살 한껏 흐드러지며
은근히 향내를 드러낸다.

성깔을 숨긴 유혹의 미소
이 봄이 지나면 시집을 보낼까나
속내를 알아차린 듯
손톱 밑이 참으로 성가시다.

진달래와 나그네 / 유순희

뻐꾸기 우는 길목
왕버들 늘어지고

비탈진 바위 틈
가는 허리 늘어뜨려
지그시 유혹하는 붉은 미소

나그네 눈길이 머무는
단아한 네 모습
석양빛에 더욱 새첩다

어느새 연지 찍고 봇짐에 업혀
천리 길 노곤함을 달래어주고

저만치 따라오는 초저녁 반달
나그네는 춤을 추고
진달래 붉은 미소 더욱 수줍다.

그 여인 / 유순희

언덕배기 화사한 복사꽃
햇살에 퍼질 때
개울가 돌 틈 수줍은 갯버들
살포시 내민 잎이 그 여인을 닮았다.

잔바람에 한 올 두 올 산허리를 둘러메고
실타래를 풀어 놓은 듯
묵향 머금고 수를 놓는 운무
그 여인을 닮았다.

붉은 단풍 하늘을 치솟아
바람에 휘날릴 때
하얀 미소가 가냘픈 구절초처럼
그 여인을 닮았다.

질척거리는 무게로
긴 터널의 반을 지나온 인고의 세월
변함없는 여명의 아침처럼
그 여인을 닮았다.

당신 / 유순희

세월의 무게만큼
깊숙이 저미는 가슴
시들고 말라 부서지며
손아귀를 벗어나려 한다.

바닷속을 헤매는 듯
짙은 숲속에 갇힌 듯
꿈일까 몸부림을 쳐봐도
그물처럼 옭아매며 조여온다.

당신과 함께 쌓은 세월의 화폭
옅어질까 행여 달아날까
허리춤에 동여매고
옷깃을 열어주고 달래며
부여잡고 온기를 더하는 심장

창 너머 마른 가지 샛바람에
초롱한 초저녁별도 함께 운다.

촛불 / 유순희

사랑하리라
희생과 배려로 빛나는 그대
정말 사랑하리라

어둠에서 한줄기 빛이 되어
별처럼 내려앉는 그대
열풍에도 나비처럼 날갯짓하는
무지개를 휘감아 피는 환희

혼미했던 시선과 두서없던 삶
노란 튤립처럼 예쁘게 피고
심장으로 스미는 네 향기에
흠뻑 젖는 삶의 희열

사랑하리라
뼛속 깊이 스미는 미소의 그대
정말 사랑하리라

발레리나 / 유순희

창문 사이로 들리는 꽃의 왈츠
눈을 지그시 감으며 번지는 햇살
카푸치노의 거품은 선율을 타고
호수의 운무처럼 하얗게 일렁인다.

커튼이 열리고 총총걸음으로
햇살을 넘나드는 발레리나
환상적인 푸에떼 쏟아지는 박수갈채
사뿐사뿐 구름 위를 노니는 분홍슈즈

눈 찡긋 시침의 환한 미소
커피 향에 드리운 햇살 환희로 물든다.

시인
임석순

그 남자의 괘종시계 외 9편

아름다운 동행 / 임석순

흙 속의 씨앗이 되어
바람과 물과 그리고 흐르는 세월에
새싹은 무럭무럭 자라서 꽃을 피우고 싶다.

온갖 풍파 시름 버티고 또 버텨서
하루하루 커가는 나무가 될 터이니
어우러져 살고 싶다.

그늘이 되어주고 찬바람 맞으며
흐르는 세월 따라 열매 맺어
영원히 함께하고 싶다.

무성하게 자라난 거목 되어
사시사철 우직한 나무처럼
아름다운 동행하고 싶다.

147

그 남자의 괘종시계 / 임석순

동이 틀 무렵
목청 돋우어 들려오는 요란한 닭 울음소리
누추한 얼굴의 한 남자가 거울 앞에 서 있다.

저 멀리 산 바다는 그 자리 그대로인데
흐르는 물길에 봄꽃은 피고 지고
어느덧 육십 년이 훅하고 다가와 자리한다.

뒤돌아보니 어느새 변곡점을 지나쳐
덧없는 디지털시계 숫자만 깜박 깜빡이고 있으니
유수 같은 세월을 어찌 감당하였는지
시계불알처럼 변함없을 것 같은 착각의 늪에 빠져서
재깍 재깍하는 괘종시계 소리를 들을 수 없다.

하늘의 구름처럼 아직은 갈 길이 남아 있어
흐르는 물과 함께 매화꽃을 벗 삼아 사랑하면서
넓고 깨끗한 하늘의 멋과 맛을 느끼며 살아가련다.

여름날의 향수(鄕愁) / 임석순

고향 떠나온 지 사십 년
멀다 한들 마음은 시오리 길
하늘에 떠도는 구름은 한결같은데
바람 따라 떠도는 나그네 인생 되어 사무친다.

흰 바위 병풍처럼 자리하던 민둥산
벌거숭이 뒷산 골짜기
물장구치던 개구쟁이 친구
하늘나라에 잘 있는지
저승 초행길에는 반겨주겠지
여름날의 향수가 새록새록
가슴이 아리다
보고 싶다.

붙박이 되어 반겨주는 백화산
잃어버린 여름날 향수를 더듬어
흰 바위 병풍을 찾아보려 애를 써도
추억 속 고향은 간데없고 울창한 숲만 보인다.

불청객, 코로나19 / 임석순

삼천리 금수강산 푸른 하늘에
바이러스 날개로 먹구름 드리운다.

너는 볼 수도 없고 보이지도 않으면서
너를 낳고 또 낳고 보이지도 않으면서
너는 홀로 생존도 못 하면서 기웃거리고 있다.

오늘 이 여인에서
내일 저 나그네에게 전송하는지
누가 너를 좋아한다고 날개를 펼치느냐

사방팔방 떠돌며 어디로 튈는지
죽지도 않는 나그넷길 떠돌면서
시작은 있으면서 끝이 없이 헤맨다.

숙주 없이 생물 흉내를 내며
시나브로 공포의 삶 속에
경고 신호를 들려준다.

우리는 자연에 나약함을 드러내고
다시 찾아온 살 떨리는 두려움
이별의 슬픔에 가득하다.

강 건넛산 푸르른 소나무 밑에 자리하여
불청객인 너를 봉인하고
맑고 푸른 하늘 찾으려 한다.

진달래꽃 사랑 / 임석순

봄비에 놀란 촉촉한 대지의 숨결이
산비탈을 감싸고 숨 쉬며 흘러내릴 때
산기슭 진달래가 눈길을 사로잡는다

봄바람 타고 산처녀 살랑살랑
어여쁨을 한껏 뽐내고
뭇 나그네 발걸음 붙잡으려
연분홍빛으로 천지를 물들인다

선홍빛 꽃 물결을 이루던 풍경은
봄바람 따라 소리 없이 흩어지고
애타는 마음과 간절함이 내 몸에 젖어 든다

구름처럼 흘러가는 내 마음은
진달래꽃의 매력에 흠뻑 취해
정열적인 사랑에 빠져들고 싶다.

가면을 벗다 / 임석순

아침 태양이 어둠을 힘차게 밀어낼 때
언제나 푸르고 맑은 하늘이길 바라며
페르소나를 내 것으로 착각했었다.

가식으로 살아온 굴곡진 인생에
지나온 회한의 눈물이 주르륵 흐르고
뿌연 하늘이 앞을 가려 알 수도 없다.

타오르던 석양이 숨죽여 속삭이면
노을 진 숲은 불타오르고
나는 그 자리에 머물러 꿈을 지키려
윙윙대는 내면의 목소리가 들려온다.

석양이 질 무렵
백구는 떼를 지어 둥지 찾아 떠나고
거짓의 가면을 벗어던진 나는
귓가에 스치는 바람 소리 들으며
순환의 새로운 꿈을 찾으러 간다.

창가에 촛불 하나 / 임석순

애틋한 설렘이 가득한 이 밤
임께서 바람 되어 찾아오시도록
창가에 촛불 하나 밝혀 놓겠습니다

창문을 열어 놓으면
행여 작은 흔들림에 꺼질세라
깊은 어둠의 골짜기에서도
이 밤이 지나도록 숨죽이고 있겠습니다

깊은 밤 고요한 정적이 감돌고
임 오실 때까지 정갈한 마음으로
이 한밤 그리움을 사르는 불꽃은
스스로 빛 속에서 엄숙해집니다

헤아릴 수 없이 큰 하해와 같은
숭고한 사랑을 잊지 않겠으며
제 한 몸 불살라 어둠을 밝히는 촛불처럼
내 마음에도 기다림의 빛 밝혀 둡니다

오시는 걸음걸음 힘들지 않도록
환하게 밝혀 둔 신성한 성역의 불빛 안에서
오늘은 꼭 만날 수 있으리라 믿습니다.

영혼이 떨리는 행복 / 임석순

젊은 시절 삶은
새봄 맞이하듯 가슴이 설레었고
햇살처럼 사라져갔다

화려했던 지난날 뒤돌아보니
나만의 삶을 지켜낸
슬픔과 아름다운 기억이
오롯이 내 가슴에 남아 있다

가버린 세월은 나의 자화상이 되어
지난날 마음속 상처인 슬픈 기억을
지우고 또 지우려 한다

이제 슬픔과 이별하고
황혼을 따뜻하게 살찌우며
영혼이 떨리는 행복한 시간을 갖고 싶다

우아한 삶의 여유 / 임석순

골짜기 꽃들의 함성이 지나고
짙은 녹음의 푸르름이 지나면
우수수 떨어지는 낙엽 소리에
휑하니 텅 빈 너의 숨결을 느낀다

서두르거나 쉬지도 않으면서
숨을 쉬는 무한 반복의 너는
쉼의 휴식처를 마련해 주고
늘 여유롭게 말없이 다가온다

산정(山頂)에 서면
하늘에 올라온 듯
세월의 모진 풍파에도
여유로운 나만의 시간을 갖게 해준다

사시사철 변화무상으로
상상력이 살아나는 재생의 공간
아름다운 멋이 살아 숨 쉬며
빼앗겼다가도 얻을 수 있는 시련 속에서
미묘한 숨결의 쉼이 있는 곳이다

아득한 골짜기에서
숨 고르는 공간이 필요할 때
너의 존재 자체로 아름답고 풍요로워
나는 삶의 여유로 우아하게 살아간다.

나의 장난감 / 임석순

가장 친밀한 관계 맺어
생명력을 불어넣어 생동하는 입체감
나를 사로잡는 최고의 장난감

암실 밖의 세상을 이미지로 만들고
바깥세상 거꾸로 그림 만들어
희한하게 신통방통하다

죌수록 깊어지고 열수록 얕아지고
짧을수록 깊고 길면 얕으니
신비롭게 신통방통하다

빛의 변화가 형태 이미지 보전으로
먼 훗날에 멋진 추억되어
행복하니 신통방통하다

그림을 빛으로 그리면서
봄꽃의 화려한 자태를 볼 수 있었고
흘러가는 구름과 석양을 담아본다

살아온 날
우리 인생 여정에 행복을 주는
신통방통한 나의 장난감이 되었다.

태양의 양면성 / 임석순

아침을 알리는 태양이 떠오르고
밤을 알리며 태양이 질 무렵
새벽노을과 저녁노을이
정열적이고 아름답게 다가온다.

추운 겨울이면 햇볕이 드는
따뜻한 양지를 찾고
더운 여름이면 뜨거운 태양을 피하여
시원한 그늘을 찾는다.

태양의 에너지를 느끼고 싶어
햇살에 손을 대 보니
하얗고 투명한 빛이 감싸는
손바닥이 따뜻하다.

발걸음 멈추고 숨을 고르며 바라보는
태양은 언제나 강렬한 존재이고
나의 내면에 공존하며
낮과 밤을 바꾸고 있다.

은하수 지나는 별들의 밤
동해에 떠오르는 태양의 아침은
소멸하고 생성하는 양면성 속에서
새로운 날을 맞이한다.

시인
임종봉

내 꿈은 별빛에 흐르고 외 9편

내 안의 詩 세계를 찾다가
옹이로 남아 詩作 공부를 마쳤다

책장을 모두 넘긴 여백에
아쉬운 기억 책갈피에 끼워놓고
판도라의 상자 굳게 잠근 채
나는 여전히 골이 깊은 산을 오를 것이다

이것이
知天命, 하늘의 뜻임을 알기에.

내 꿈은 별빛에 흐르고 / 임종봉

노을빛이 달려온 서산마루에
몸부림치던 불구름의 기억이
생의 진자리를 거쳐온 그림자에
희로애락으로 뒤섞인다

텃밭에 꿈 심어놓고 하늘을 보니
이방인이 된 나의 머리 위로
산개성단의 별빛이 쏟아진다

연둣빛 꿈의 잎맥이 마중물로 깨어나
우듬지에 뻗어난 날개 퍼득이며
어둠을 털며 일어선다

적도의 태양이 지나는 틈새에서
이면에 가려진 내 모습은
두려움 차오르는 숨 헐떡이며
지금 어디쯤 날고 있는 것일까

시인의 고뇌 / 임종봉

사랑과 미움의 언어가 곡예의 줄을 탄다
언어의 사슬에 눈 감고 귀머거리 된 세상
희비의 속살에 쓸린 시린 잔상이
부재의 손끝에서 핏물로 맺힌다

날 선 언어의 목줄에 감긴 잔해들
제야의 종소리에 파루의 어둠이 걷히고
억겁의 시간을 보낸 사해가 열리니
심해의 지층을 흔들며 불덩이가 타오른다

붙박인 동토의 궤적을 당기는 중력은
백발의 살쩍에 번뜩이는 여명의 울림으로
푸른 고래와 얼어붙은 언어를 춤추게 하고
덧난 상처 꿰매며 비상하는 날갯짓은
매운바람에 깨어난 새벽에 볼 비빈다

버려야 할 것과 취해야 할 것들의 단상에서
물비늘 떨구며 등 뒤에 달려온 햇살은
눈 끝의 지리멸렬한 상념에 한 획을 긋는다

워낭소리 / 임종봉

빈 깡통이 허기를 달래며 도심을 구른다
질주하는 차를 피해 지하도에 숨어들고
이리저리 발길에 차이며 죽음의 문턱에서
만신창이로 찌그러진 몸을 겨우 추스른다

노을빛에 타들어간 불구름 사라지고
별빛 가라앉은 습한 바닥에 누인 몸은
이따금 새벽을 여는 사람들이 지날 때면
떨어지는 동전 삼키며 워낭 소리를 낸다

매서운 바람이 도심을 훑고 지나가는 새벽
그곳엔 담을 희망도 의지도 매몰된 지 오래
삭풍에 웅크린 얼굴은 궁기가 흐르고
밭고랑처럼 패인 주름엔 애환이 녹아난다

고픈 삶은 천년처럼 늙어가고
여독에 쭉정이로 찾아 헤매는 발길엔
등가죽에 붙은 허기를 채우려는 본능뿐
이미 삼계(三戒)를 내려놓은 지 오래다

나뭇결 / 임종봉

차오르는 갈증이
고목의 밑동부리에 앉자
잠시 목을 축인다

이끼를 품은 둥치의 나이테가
서둘지 말고 정상을 보라 하는데
골바람 부는 그곳에는
산허리 감은 먹구름이 머릴 풀고 있다

원뢰에 등 떠밀려 가쁜 숨 내쉬는데
땀방울이 등줄기에 살수처럼 흐르고
빗줄기가 협곡으로 폭포처럼 흐르는데
멀리 동네 어귀에 개 짖는 소리 반갑다

서재에 불 밝히고 의자를 당겨
책상 무늬를 유심히 살펴보니
불빛 머금은 원목의 나뭇결이
산에서 보았던 나이테의 형상이다

청춘을 비워낸 거목의 발자취가
불빛 머금은 원목의 책상에서
나뭇결로 출렁이며 빙그레 웃는데
억겁의 풍상 겪어낸 스승의 얼굴이다

언어의 양면성 / 임종봉

누구는 힘들어 죽겠다 하고
또 누군가는 좋아 죽겠다고 하는데
정작 병들고 사고로 죽어가는 사람은
말없이 죽음의 경계에 서 있다

죽겠다는 말은 살고자 함이니
언어의 모순에 길들여진 유희가
정체성으로 곡예의 줄을 타며
습관처럼 혀끝에서 똬리를 튼다

생사의 애환이 요동치는 곳곳에서
어제 익숙하게 다가오던 얼굴이
오늘 기울어진 달빛 끌어안고
침묵으로 가슴 한편에 누워 있다

얼룩진 강박관념을 떨쳐 버리자
어둠 뒤의 여명에 세상이 밝아오듯이
오늘의 꿈이 새로운 내일을 꽃피우고
햇살에 여문 생명이 열매를 맺을 것이다

코로나19 / 임종봉

불청객이 시공간을 넘나들며
미상의 병원균을 뿌려댄다

동선의 긴 꼬리를 흔들며
가는 곳마다 불신의 벽을 세우고
인간의 호흡기에 파고들어
악마의 입김을 뿜어낸다

도시에는 공포가 엄습하고
거리의 비대면이 대면을 거부하며
불경기는 바닥에 젖어 있다

입을 봉한 얼굴은 웃음을 잃은지 오래
격리된 몸에 번호표가 매겨지고
우주복을 입은 의료진의 모습에서
팬데믹의 세상은 거꾸로 서 있다

먹구름이 변곡점을 향해 달렸지만
불청객인 너를 붙잡지 못했다
봄비도 멈추게 하지 못한 너를
깊은 동굴에 가두어 봉인하고
맑은 공기를 맘껏 쐬고 싶다

촛농의 흔적 / 임종봉

후미진 곳 바위 밑
촌부의 눈물샘 괴어 있고
틈새 벽면의 그을린 흔적에서
삶의 고통이 묻어난다

세월이 흔들고 간 잔상이
위태로이 타오르는 불빛에서
어느 망자의 멍울진 회한이
눈물로 맺혀 떨어진다

기도를 지켜보던 촛불은
심지를 더욱 올곧게 세우고
가쁜 숨을 태운다

부스럭거리는 촌부의 옷깃 사이로
불빛 사그라드니
밤새 타들어간 무릎의 저림이
굳어버린 촛농 속에 누워 있다

옹이박이 사랑 / 임종봉

울긋불긋 색동옷 입은 별빛 쏟아지니
연분홍 하늘거리던 네 모습 생각나
새벽 발길을 산으로 옮긴다

새털구름 보듬은 햇살의 언덕바지에
아랫목처럼 따스한 봄볕에 몸을 누이니
붉은 스카프 날리며 다가온 꿈결에서
신열이 나도록 예쁜 네 모습을 본다

붉게 물든 군락지에 발길이 멈추고
너를 꺾고 싶은 충동을 느꼈지만
윗가지 곁에 옹이로 웅크린 모습에
꼼지락거리던 나의 손길이 도리질한다

수상화서의 꽃을 피우던 지난날
무슨 까닭이 있었기에 잎을 앞질러
옹이가 된 채 스러졌을까

이듬해 겨울
나목의 뒤에 숨은 옹이 사랑이
흔들리는 가지에 삭풍을 벗겨내며
꽃대를 세우고 겨울눈을 뜨고 있다

아버지의 당부 / 임종봉

아들아!
어릴 적 네가 말썽을 피웠을 때
종아리를 휘감던 싸릿대의 맹독이
밭고랑처럼 부풀어 오른 아비의 살갗에서
선혈을 토하던 그때를 기억하니?

나의 아들아!
회초리가 부러질 때 내게 덥석 안기면서
"잘못했어요. 아빠!, 아빠 다리에서 피나요!"
눈물범벅으로 매달리며 통곡하던 네게
"제발, 누나의 반만이라도 본받거라"하면서
너를 떼어놓던 비정했던 아비 모습을 기억하니?

그렇지만, 아들아!
가난했던 아버지는 만학도로서
뒷골목 헌책방을 뒤지며 배움을 갈구했었다.
그런 질곡의 어둠이 옹이처럼 가슴에 맺혔기에
너만은 잘 키우겠다고 수없이 다짐하면서
모질게 대했던 것이니 그 마음 헤아려 다오.

사랑하는 나의 아들아!
이다음에 부푼 꿈 심어놓은 텃밭을 가꿀 때
혹여라도 삶이 지리멸렬하고 혼탁해질 때면
그때의 아비 종아리에 맺혔던 선혈을 떠올려
독소를 걸러 줄 마중물로 부디 기억해 다오

치매 앓으시는 어머니 / 임종봉

괘종시계 울림에 깨어난 한밤중
달빛에 기대어 밤을 밝히는
어머니 모습 안타까워
여윈 손 감싸며 옛이야기 들려준다

꼬르륵거리던 배꼽시계 얘기며
벌에 쏘여 도망 다니던 추억담
고개만 끄덕이는 젖은 눈빛에서
옥죄는 슬픔에 그만 고개 떨군다

시작과 끝을 오가는 시침과 분침은
기억의 편린마저 갉아먹고
물굽이 진 삶에 배어나던 기억은
멈춰버린 시간에서 돌아올 줄 모른다

침묵으로 지켜온 버팀목의 세월이
달팽이 몸짓으로 바닥을 쓰는데
오늘도 단상의 끈 이어 가며
당신이 잃어버린 세월에 태엽을 감는다

시인
전병일

새봄의 전령사 외 9편

갓 태어난 햇병아리
먹이 찾아 아장아장 사냥법을 배우면서
삼라만상 삶의 희로애락 한땀 한땀 엮어
노래하고 내 마음속 여백에 채우고 더해
독자들에게 다가가고 싶다

새봄의 전령사 / 전병일

삭풍에 맨몸으로 인고의 세월 속에서
알알이 키워온 참꽃 봉오리는
춘삼월 화려하게 날기 위해서다

한라에서 출발한 새봄의 전령사는
백두까지 가는 길 나목에
연분홍 꽃으로 수를 놓는다

봄 향기가 날갯짓하는 날에는
초목들은 생명수 품어 기지개 켜고
농부의 발걸음은 빨라진다

어릴 적 뒷동산 진달래꽃 머금고
수술 꽃대 뽑아 힘겨루기하던
추억 속 산야에도 봄날은 오고 있다.

깨달음과 지혜 / 전병일

코로나 발원지 중국 우환
남의 나랏일만 같았는데
이제는 지구촌 곳곳에 침투하여
그 확산 속도가 극치를 달린다

눈에 보이지도 않고 날개도 없는 것이
어찌 그리 사람들을 좋아하며
가슴속 깊숙이 자기 터전 인양 파고들어
숨통을 조여온다

인간들이 무슨 죄를 지었는지
사스 메르스 코로나
고통과 죽음의 강을 건넜다 한들
다음은 무슨 변종으로 찾아올까
걱정이 앞서 눈을 가린다

신종바이러스
지나친 보양식 문화와
동물들과 밸려 속 오염물에서
변이된 산물이다

그 진원의 산물 자업자득
지나온 세월마다 빈번하게 발병하는
신종바이러스 그 원인이 무엇인지
알지 못하는 인류에 엄중한 경고이며
깨달음과 지혜 발휘의 경종이다

시간 여행 / 전병일

어둠을 뚫고 여명의 원을 그리며
0시부터 24시까지 가야만 하는 나는
쉴 수도 없고 잠을 잘 수도 없다
그저 앞만 보고 가야만 한다

멈출 수 없는 사연은
과거 현재 미래의 멍에이다
공전과 자전의 규칙 틀에서
자연도 인간도 공통분모이다

하루의 여행길은 공평하게 주어진다
장밋빛 양탄자 길도 있고
고난의 가시밭 길도 있다

시작은 기대와 희망을 품고 가지만
그 길 속엔 수많은 사연과 고통의
잔재들이 발목을 붙잡을 때도 있다

멈추지 않는 시계 초침처럼
나는 희망의 꿈을 꾸며
또 다른 내일을 향해
뚜벅뚜벅 걸어가고 있다.

애증 / 전병일

사랑에 빠지면 그대의 노예가 된다
그저 바라만 보아도 꿈속에서도
마냥 설레고 심장도 방망이질한다

사랑이 떠날 때 미움은 날개를 편다
기쁨과 슬픈 양면의 얼굴을
가슴 깊이 품었기 때문이다

애정을 품은 모습은 천사의 미소이고
증오의 한을 품은 모습은 악마의 얼굴로
얼키설키 살아간다

사랑과 미움의 쌍두마차
많은 내공과 수행이 필요하고
마음을 다스려야 천사를 만날 수 있다.

어항 속 물고기 / 전병일

지구촌 삼라만상 내 명치에 품고
빛바랜 추억부터 화려한 자태까지
지나온 추억이 렌즈 속에 담겨 있다

내가 나서는 순간부터 집에 올 때까지
저 하늘 위성에서도, 신호등 천장에서도
나를 향한 조리개는 계속 깜박거린다

초상권 침해 수준의 무자비한 카메라
때로는 기쁨과 환희의 보상도 주지만
때로는 슬픔과 고통의 잔재도 남긴다

내 주변에 그물망처럼 널브러진 복제기
내 손안에도 네 손안에도 쥐어진 채
투명한 어항 속 순간 포착을 노리고 있다.

고향 집 / 전병일

그리움에 향수가 서려 있는 터전
장독대 옆 돌감나무는 세월 속에 묻히고
그 자리 둥시 감이 자리 잡았다

마당 옆 돼지우리 비워진 지 오래
주인마님 희망의 텃밭이 되었고
대문 앞 헛간도 만인의 장이 되었다

혈육의 요람인 본체 슬레이트 지붕과
양잠소 행랑채 양철지붕도 묵은 옷 벗어
색동옷으로 갈아입었다

종갓집 3대 가족의 북적이었던 삶은
분가 길 떠난 지 수십 년 적막이 흐르고
홀로된 노모만이 그 집을 지키고 있다.

허기진 삶 / 전병일

개울 휘도는 두메산골 오동재 산자락에
본채와 행랑채에 삼대가 옹기종기 모여
개울물처럼 시끌벅적 북적대던 삶이었다

가진 것이라곤 뒤뜰에 작은 밭뙈기와
건너 뜰 댓 마지기 논뿐이었던 살림
온 가족 입에 풀칠도 제대로 못 한 삶

굶주린 배 채우려고 십 리 길 화전에
담뱃잎 따고 뽕잎 따서 누에도 쳤지만
허기진 배는 여전히 채우지 못했다

오로지 등짐 하나로 육신을 불태웠지만
채워지지 않는 곡간과 고구마 통가리
감자에 희멀건 김칫국으로 배를 달랬다

삶의 터전을 떠나 뿔뿔이 흩어져 분가하고
그 궁궐의 부엌 마님은 고난 속 세월에
망가진 육신으로 병마와 맞서 싸우고 있다.

추억담 / 전병일

적상산 아래 첫 동네
오동재를 등에 업고
개울안 산 솔따배기길 가슴에 품고
앞산 밑 맑은물 길왕천이 흐른다

통학 반장 호위하에 배움길 십 리
오는 길 실개천에 미역 감고
대나무 살 빗어 방패연 꼬리연
저 하늘에 희망을 띄웠었다

버들피리 음률에 소를 몰고
찔레순 삐비껌 씹으며
바지게에 소깔 한 짐 부려놓고
쇠죽 솥 아궁이 군고구마가 그립다

넉넉하지 못했던 허기진 삶
앞마당 멍석에 옹기종기 둘러앉아
찐 감자 동치미로 목축이고
청솔가지 모깃불 지피며
별똥별과 눈을 맞춘다

그리운 추억을 간직한 내 고향 귀향길
또 다른 추억을 설계하고 지우며
오늘도 추억의 모래성을 쌓고 있다.

미래의 터전을 그리다 / 전병일

외길인생 머나먼 길 돌고 돌아
질곡 진 삶 속에 제2 인생 터전을 엿보다
내 손아귀에 넣었다

너를 만나러 가는 길목 삐딱 길에 가시밭
무성한 잡풀과 칡넝쿨이 움막집 짓고
쑥대밭처럼 헝클어진 너의 모습이었다

내 맘속에 너를 향한 애절한 사랑에
새 삶의 터전을 위해 심오한 설계로
이곳저곳 성형과 꽃단장도 해주었다

이제 그 꿈의 실현이 눈앞에 아른거리고
지난 세월 정열을 불태운 나를 제어하면서
그 여백의 모퉁이에 영농일기로 메우고 있다.

인생길 / 전병일

수많은 사연 수북이 담아
쉼 없이 달려온 세월
굽이굽이 돌아온 자갈길이
비뚜름하기만 하다

한 울타리 안의 길고 긴 여정
무심한 만큼 무탈할 수만 있다면
얼마나 좋을까

잘나고 못난 것은 백지 한 장 차이
끊을 수 없는 혈육의 정은
깊고 깊은 매듭이다

그 길
혼자라면 고독의 길이요
가시방석이다

인생길 어우렁더우렁
채워주고 나눔 주면서
아름다운 동행길 걷고 싶다.

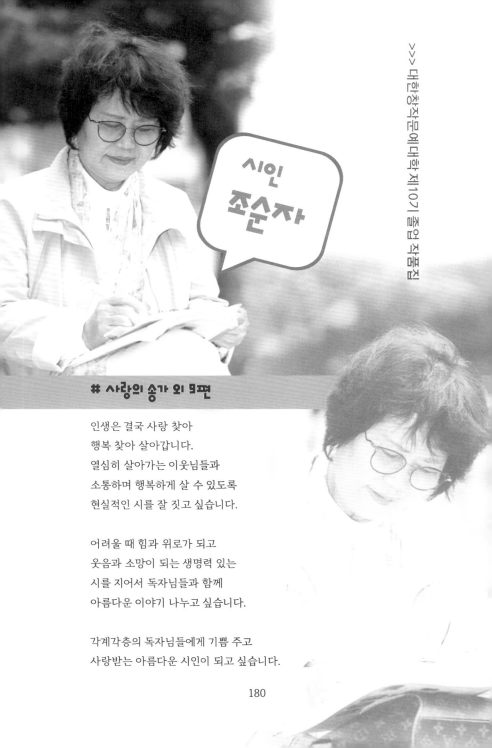

시인 조순자

사랑의 송가 외 9편

인생은 결국 사랑 찾아
행복 찾아 살아갑니다.
열심히 살아가는 이웃님들과
소통하며 행복하게 살 수 있도록
현실적인 시를 잘 짓고 싶습니다.

어려울 때 힘과 위로가 되고
웃음과 소망이 되는 생명력 있는
시를 지어서 독자님들과 함께
아름다운 이야기 나누고 싶습니다.

각계각층의 독자님들에게 기쁨 주고
사랑받는 아름다운 시인이 되고 싶습니다.

사랑의 송가(頌歌) / 조순자

당신을 위해 사랑의 송가를 부릅니다.
비바체 곡조로 하늘보다 높은 사랑을
안단테 곡조로 바다보다 깊은 사랑을
아, 당신의 사랑을 몽땅 그릴 수 없습니다.

목련보다 아름답고 따뜻했던 당신
며느리를 딸처럼 사랑으로 안아주신 당신
그 모습을 이제 어디에서도 찾을 수 없어
회개의 봇물 터지면 눈물은 강물이 됩니다.

삶이 있으면 죽음이 있다는 것 알면서
생전에 당신 섬김에 철부지 같았던 나
곁을 떠난 뒤 무화(無化)된 당신의 흔적
회한(悔恨)의 곡조로 사랑의 송가를 바칩니다.

눈물의 기도 / 조순자

캄캄한 밤에
붉은 입술 흔들거리며
누구를 위해 그렇게 기도하나요

심장의 심지를 꺼내어 불을 댕기고
영혼을 발갛게 태워 눈물 흘리며
누구를 위해 그 밝은 빛을 비춰주나요

어두운 밤 님의 기도는 길고
하얀 눈물의 흔적은
폭포 문양의 형상으로 쌓여가는데
여전히 전신을 태워 불꽃을 피우네요

캄캄한 밤에
아직도 당신의 아가페 사랑은
심장도 심지도 까맣게 태우고 있네요

순백의 사랑 아낌없이 불태우는
당신의 그 큰 사랑을 본받아
내 마음도 세상의 밝은 빛이 되고자
회개의 마음으로 하늘을 바라보아요.

여백의 사랑 / 조순자

투정을 부려도 괜찮으니
밖에서 기만 죽지 마세요
내게 당신은 사랑입니다

지친 몸과 상처 난 마음
거칠고 모난 돌이 되었어도
내게 당신은 몽돌입니다

세파(世波)에 흔들리면서도
아닌 척 속으로 우는 당신께
내 어깨를 내어 드립니다

오늘도 열심히 살아왔듯이
내일도 힘차게 살아가면서
여백에 사랑을 그리렵니다.

삶의 나침판 / 조순자

작은 집에 살면서
아무런 불평도 없이
사이좋게 일하는 의좋은 삼형제

욕심도 없이
서두를 필요도 없이
일정한 보폭으로 돌고 돌며
제각기 맡은 일을 열심히 한다

어디에서든지 누구에게든지
서두르지 말고 멈추지 말라고
한결같은 음률로 노래 부르며
어둠을 밝히는 태양처럼 돌고 돈다

지구를 끌고 가는 의좋은 삼형제
사람들의 나침판이 되어서
하늘과 땅과 온 세상을 끌고 간다.

축복의 통로 / 조순자

전후 세대가 넘어야 할 가난은
내 인생의 고난과 아픔이었고
눈물로 오를 수 없는
거대한 산 같은 장벽이었다

물지게 거름지게 나무지게
고난의 지게를 져야 했던 시절
짊어진 가난의 무게를
인내로 이겨야 했다

거름지게를 지고 가다가
돌에 걸려 넘어져 울어도 보았고
정강이까지 눈 덮인 겨울 산에서
청솔가지 지게와 넘어져 울기도 했다

사시사철 논과 밭에서
굴곡진 삶을 뼈저리게 느끼고
밤이면 등잔불 아래서 길쌈을 하며
가난을 이기는 진리를 알았다

내 인생 젊은 날의 고난은
가난을 극복하는 지름길이었고
암울한 시대의 빛이 되어
어둠을 지나가는 축복의 통로였다.

애증 관계 / 조순자

장미꽃에도 가시가 있듯이
서로 좋아하는 사이에도
묘한 사랑과 미움이 있어요

헤어지기엔 마음이 아프고
사랑하기엔 마음이 버거운
연인이 애증으로 머뭇거려요

때로는 사랑으로 마주 웃고
때로는 미움으로 금세 토라져
보는 이의 마음이 아리송해요

젊은 날의 사랑이란 다 그런 것
사랑과 미움으로 서로 다투다가
순금 같은 사랑으로 행복해져요

연인 사이 / 조순자

세 박자 앵글 위에서
말없이 바라보는
그대의 맑은 눈빛에
나는 예쁜 꽃으로 피어나요

그대의 강렬한 눈빛에
나는 가슴 설레는 여인
그대 앞에 서면
자꾸만 부끄러워져요

가끔은 용기를 내어
예쁜 미소도 보내고
멋진 포즈도 취하고 싶은데
자꾸만 멈칫거려져요

그대는 눈으로 소통하고
가슴으로 품어 안는
빛 그림의 예술가
나는 예쁜 꽃으로 피어나요.

자화상 / 조순자

활화산 같은 심정으로
하늘을 보는 저 여인은
거룩한 자화상이다

태양이 이글거리는
뜨거운 들판을 딛고서
생각하는 동상이 되어 서 있다

영원할 것 같던 그 사랑이
왜 유리알처럼 산산이 부서졌는지
회한의 마음으로 하늘에게 묻는다

대답은 없고 바람만 세차니
여인은 고뇌를 해탈한 고승처럼
새로운 각오로 높은 하늘을 응시한다.

영원한 사랑 / 조순자

아버지가 사랑하는 가족을 남기고
불의의 사고로 홀연히
하늘로 떠나 가시던 날
둥지 잃은 뻐꾹새는 슬피 울었습니다

아버지의 이름이 무너진 청상의 아픔을
홀로 삼켜야 했던 어머니는
불쌍한 자식 사랑으로
눈물마저 감추어야 했습니다

울지마라 울지마 토닥이며
네 아버지는 하늘의 등대가 되고
천사가 되어 보살펴 주실 거라며
아버지 잃은 설움을 달래 주셨습니다

우리의 가슴에 살아있는 아버지는
하늘의 천사가 되시었는지
97세 어머님을 편안히 모시고
대나무처럼 올곧게 살아가고 있습니다.

사랑의 동반자 / 조순자

당신은 나와 동행하며
늘 나를 감싸 안고 살피는
영원한 사랑의 동반자입니다

어디에 있든지 무엇을 하든지
당신은 항상 나를 지켜주고
반석이 되는 든든한 버팀목입니다

험산 준령 높은 산에 있어도
심심산골 깊은 계곡에 있어도
나의 형편과 사정을 다 알고
시시때때로 살피며 함께합니다

수억만 리 이국땅 낯선 거리에서
언어 소통 부재로 길 잃고 당황하며
질환의 아픔으로 몸부림칠 때도 친히
찾아온 당신은 사랑의 동반자입니다.

시인
한명화

고향 외 8편

풀들은 밤길 걸어 어디로 갈까?
손에 손에 등불 켜고
아침 맞으러 가는
세상의 풀들을 따라가다 보니
어릴 적 놀던 글꽃 마을이다
이제 공기의 푸른 어깨를 툭툭 치며
새가 되어 선명한 공중을 날아오르자

고향 / 한명화

그림자로 비친 못 속에 감꽃이
시간이 갈수록 그리워지는 게
너 때문이라는 걸 난,
떠나온 뒤 알았네

저녁녘 연기 피워 올려 밥 짓는 굴뚝들과
송홧가루 묻은 바람이
쉬어 가는 산골 마을
꿈속에서 보았네

부르기만 해도 눈물이 나는
어머니의 목소리
귀 열고 듣던 고구마꽃 나팔소리
힘이 들 때 들었네

왕벚꽃 연분홍 꽃잎 흩날리는 봄
외딴집 마당가에
호두나무가 별빛 현을 켜는 날
나 기다리는 네게로
이제 먼 길 돌아가려 하네.

망원렌즈 속의 세상 / 한명화

예술제 공연 중
전국 사진 콘테스트에
유명 작가들이 모여들었다

빛을 모아주는 수정체
망원렌즈의 기술이
볼수록 신비롭다

조리개와 셔터 속도 속에
작가들은 선명도를 잡아나간다

멀리 있는 피사체를 가까이 당겨서 찰칵
아름다운 세상이 멈춰진 이미지로
곱게 다가온다.

무용수의 고운 선의 춤사위가
빛과 함께 영원한 그림으로 그려져 간다

자화상 / 한명화

뛰어내리는 햇살 위에
시 한 송이 그리며 성장한 내가
적토마의 꿈을 안고 사업이라는 목걸이를
허리에 차고 달린다

높은 산 중턱에 올라서니
허허로운 가슴과 고독만이 부서져 있고
머리는 낮아지고 낮아져 바다에 도착
먼발치 노을을 이고 또다시
길 떠날 준비를 한다

삶의 전쟁터 야망의 덫에 걸려
사슴 같은 아이들 눈빛 다 놓치고
30년이 굴러간 사업의 밭에 서 있는 나는
훈장처럼 상처들이 남아 있다
새겨진 자리 외로움 켜켜이 쌓이고
잿빛 가슴에선 시가 싹이 튼다

사업과 예술을 완성할 부지에
봄 햇살 가득 담아 집을 만들고
자연과 시를 하나로 엮어
예술제 공연을 할 수 있는 종합레저타운 조감도를 그린다
아! 지칠 줄 모르는 나는 야생마
마지막 꿈의 정상에 깃발을 꽂기 위해
오늘도 사업과 문학을 위해 달린다.

진달래꽃 / 한명화

꽃잎 여리다 가벼이 마라
이 꽃잎 한 장이면
추억할 기억이 얼마인가

볼모산 장유계곡 산자락
너랑 보던 핑크빛 점령
그 눈부심이 얼마인가

꽃잎 한 장으로
잊히지 않을 사랑
꽃 피어 쏟아져 내릴
깊은 그 사랑은 또 얼마인가

생각해보면 너를 만나
불꽃처럼 타던 나였으나
이렇게 꽃 활짝 핀 날이면
상실감과 그리움에 잠 못 들고
나무 위에 노 저어 내리는 달빛만
내 마음 휘어지도록 끌어안는다.

나를 찾아서 / 한명화

내 안에는 또 다른 내가 있다
파리한 꽃잎처럼 여리기도 하고
이집트 신화 속 불사조처럼 강하다

온갖 생각이 머릿속에 떠돌아
마음을 흔들어 대는 바람에게
'나'는 진정 누구냐고 묻는다

허공에 온갖 생각을 풀어
요요처럼 던져 풀기도 감기도 하며
'나'의 어떤 모습이 진짜냐고 묻는다

'나'를 찾아 생각의 술 한잔 기울이며
분홍빛 술이 주는 또 다른 '나'를 찾아
현상적 자아가 본질적 자아를 찾는다.

아버지의 선물 / 한명화

긴 목을 빼고 기다렸지

이박 삼일 지방으로 낚시 다녀오시는 당신의 모습은
언제나처럼 흰 구두에 검은 선글라스를 끼고
멀리 다가오고 있는 한 신사의 모습이
내 눈에 들어왔어

그날 밤이었지
나무들에 가슴이 두근거리는 밤이었어
초승 달빛이 누마루 창문 가까이 다가와 인사를 나누면
당신의 고락을 즐기는 배뱅이굿 레코드판은
끝없이 돌아갔어

별들은 무수히 쏟아져 내렸지
낮은 곳에서 땀 흘려 일하는 사람들의 피로가
비늘처럼 일어나면
아버지는 당신 좋아하는 술 한 잔 건네며
애틋한 별빛을 담아 위로해 주었어

그렇게 사십여 년이 흐르고 알았지
육 남매 중 내가 아버지를 닮았어
한량인 당신의 유전자를 좋아하고
따라가는 나는 아버지 딸
춤을 추고 글을 쓰는
가슴 뜨거운 한량이었어.

별이 되고 싶다 / 한명화

우리나라의 전국의 금싸라기 토지는
로열패밀리들이 다 점령하였고
그들의 세상 속에서 제조도 유통도
새까맣게 물결처럼 줄 서서 움직인다

가난은 너무 깊어서
눈물로도 끝이 보이지 않는다

겨우 희미하게 숨 붙어 호흡하며
그들과 한선에서 달리려 했던
젊은 날도 많았다

거친 숨만큼이나 부딪치는 벽
힘겹게 다시 살아났던 저녁을 지나
다시 일상으로 돌아오기를 수백 번이다

지금의 나는 내가 가진 열정 그 하나까지
꺼지기 기다린다면
살아있는 나의 시간은
금빛 모래가 검은 무덤이 되어
끔벅이는 눈짓으로
슬픔의 눈물을 지을 것이다

가난으로 밤마다 모아놓은 눈물로
밤들을 앓고 사는 불빛 없는 사람들을 위해
약한 불빛 따라가는 나는
스스로 별이 되고 싶다.

내 삶의 여백에 핀 꽃 / 한명화

고층 빌딩을 벗어나
자동차로 두 시간을 달려
자연 속 캠핑장에 도착했다
가슴이 열리고 마음이 붕붕 뜬다

맑은 하늘을 마주 보고 누우니
새들은 날아다니고
나무들은 한들한들 춤을 춘다

산딸나무의 넓은 진초록 잎사귀에
햇살이 껑충 뛰어내리고
부드러운 바람도 슬며시 그 위로 끼어든다

제멋대로 공중에 길을 만들어
나는 새들을 눈 감고 따라다니다
잠시 고개를 돌리니
불쑥 올라온 들꽃이 눈인사한다

힘겨운 인생길
나의 삶의 여백 공간인
카라반 파크 유경 캠핑장에서
자연은 오늘도 지친 마음을 달래주고
꽃물 들이며 상처를 치유해 준다.

회상 / 한명화

사무실 귀퉁이 웅크리고 있는
너의 흔적들이 묻어있는
소품들을 뒤로하고
길을 나섰다

벚꽃은 무리 지어
꽃비 흩날리고
길바닥에 떨어진 꽃잎 몇 잎이
나를 올려다본다

누워 있는 잎사귀들이
서녘 하늘에 걸려있던
핑크빛 노을을 닮았다

명치끝이 아려오는
옅은 너의 향기는
야속한 바람이 흔들어대도
가슴속으로 파고든다

날이 저물어 어둠이 내리자
불빛 속에 더욱 선명해지는 네 모습
가까이 가면 멀어지고
멀어지는가 싶으면
다가와 미소 짓는다.

시인 한정서

빛의 9편

'글은 쓰는 것이 아니라 다듬는 것이다'라고 한
어느 분의 글처럼 퇴고에 퇴고를 거듭하면서
몰라서 못 하는 것보다 안 해서 할 수 있는 것이
적구나 생각을 했다.
작품 하나하나 내 능력만으로 만들어지지 않았기에
다듬고 다듬으며 습자지처럼 읽는 이의 가슴에 스미는
작품으로 거듭나기를 소망으로 담는다.

빛 / 한정서

변함 없을 것 같던 어둠 속
시간이 흐르고 해가 솟으면
천지에 밝은 빛을 선사한다

빛과 어둠이 춤사위 하며
언덕에 양달과 응달이 생길 때
세상은 활보를 시작한다

생명이 탄생하며 축복받고
삶은 흐르며 빛을 내뿜으며 살다
어둠 속으로 사라진다

우리네 삶이 빛과 어둠으로
하루를 맞이하고 보내며
조화를 이루고 살아간다.

그리운 잔소리 / 한정서

어둠 짙게 깔린 저녁녘
어디서 한잔하셨을까
비틀거리는 걸음걸이
저만치 보이면 내 가슴은
이미 동구 밖 나루터로 달린다

취기에 젖어 계실 때는
어린 딸에게 알아듣지도 못할
잔소리를 날 새도록 하셨던 분
무릎 꿇고 있으면 오금은 저리고
졸음이 물밀듯 찾아든다

무슨 말씀을 하셨던 걸까?
하! 기억도 나지 않는다

살아온 삶을 되돌아보자니
결코 녹록지 않은 삶이어도
야무지게 잘 살아 온 것은
미주알고주알 주신
아버지의 잔소리 덕분이었으리라

이제는,
당신의 그 잔소리가 그립다.

세상의 벗 / 한정서

세상을 품고 싶은 걸까?
내게로 훌쩍 다가와서
세상 구경의 벗이 된다

단추를 꾹 누르면
어두운 방에 동그란 두 눈
번쩍이며 자유로이 노닌다

내가 거니는 골목골목을
마음이 머무는 시간들을
순간에서 영원으로 갈무리하며
개선장군처럼 떡 버티고 섰다

너에게 담긴 세상은 예술이 되고
순간 포착한 삶을 척척 담아
선물하는 전천후 예술가 같다

자, 또 출발하자
세상을 걷는 길의 여정에
발자국 함께 남겨 보자꾸나.

빛바랜 그루터기 / 한정서

등에 가난을 이고 진 세월
그대로 멈출 것 같더니
흐르는 세월에 장사 없구나

얼른 물러가라 아우성치어도
묵묵부답 모른 체 하는 동안
밑동까지 잘린 그루터기 되었다

퇴락한 풍경 속 빛바랜 그루터기는
스쳐 지나는 생의 나이테를 세어
비망록에 새겨 감추어 버렸는가!

침묵의 공기를 잡아 흔드는 소리
울음인지 웃음인지 알지 못하고
산자락 휘감은 채 격렬히 내뱉는다

그러더니, 배고팠던 그 가난은
빛바랜 그루터기 잘린 밑동에
새순을 돋우며 희망가를 부른다.

여백 / 한정서

붓처럼 스쳐 지나가는 궤적들 속에
여백이 있기나 했었을까?

눈 깜박할 사이에 시간조차
경쟁이 되고 빽빽한 일상에서
이루고픈 욕망이 앞서
내 마음속 쉬어가게 하기보다는
누군가의 마음에 기대고 싶었다

그러나 이제부터
부질없는 욕심으로 채워진
마음속 한귀퉁이 비워내
작은 바람에도 흔들리며
가슴 두근거리던 첫사랑도 기억해 내고
허물도 담을 수 있는 아량도 품어 놓고
눈과 마음에 여백을 만들어 보아야겠다.

내가 그리는 세상 / 한정서

물끄러미 바라보는 먼 하늘
빛과 어둠이 공존하는 세상
그곳에 세상 하나 그려 본다

불타는 지평선을 품은 채
슬픔으로 창공을 차고 오르며
비상하는 새처럼 먼 하늘을 가른다

좀슬어 버린 오랜 이상은
탄생의 푸른 창에 꿇은 무릎 내어주며
뚫어진 호수처럼 터져 오르는 빛이 되고

무너져 불타는 자리를 떠나
새롭게 비상할 채비 하며
희망 한 조각 손에 쥐어본다

이제는 내가 그리는 세상에서
뿌리 내리려 먼 하늘의 시선 거두어
꿈틀대는 내 안에 끌어안는다.

천상의 화원 / 한정서

오동도 동백이 선혈을 뿌릴 때쯤
건너편 영취산에는 꽃가지 쓸어안고
애틋한 사랑에 잠 못 이루는 연인들처럼
핏빛 물든 두견화가 사랑을 그리워 한다

온 산에 만발한 두견화의 자태는
운무를 두른 천상의 화원에서
신선이 노닐며 타는 비파 소리에 맞춰
춤추는 선녀들의 연분홍 치마 같다

어느새 몰려든 행인들 틈새에 끼어
형형색색 시끌벅적 어우러진 꽃잎에
살짝이 입맞춤하려니 단내 흩뿌리며
입속에 쏙 들어앉는다

상큼한 향기 뿜으며
달려드는 너를 뿌리칠 수 없어
혹여 사라질세라 떨어질세라
내 가슴에 살포시 안고 있으려니
핑크빛 사랑이 물들여진다.

네가 좋아 / 한정서

영원을 약속하지 않았고
함께 하자고 보채지도 않았지만
우리는 지금 함께 살아간다

연인도 아닌 사랑도 아닌 것이
자꾸만 관심이 가는 걸 어떡하지
자꾸만 바라보게 하는 네가 좋다

특별히 멋지다 하지 않아도
불평하지는 않지만
배가 고프다며 가만히 서 있을 때는 밉다

시도 때도 없이 바라보다가
기분이 나빠 째려보아도
묵묵히 끄덕이는 네가 좋다

이제 그래 네 맘 알았어
나도 네가 좋다고 말해 주고 싶어!
내 곁을 지켜주어 고맙다.

빗장을 뽑고 / 한정서

푸른 하늘이 서슬 퍼런 칼처럼 무섭다
하고 싶은 말은 밤하늘의 별보다 많은데
너와 나의 여린 마음이 다칠까 봐
나는 가슴앓이 하듯 끙끙댄다

언론매체마다 뉴스 속보라며
코로나19 확진자와 사망자들 이야기
마스크 구하려고 인터넷 접속과
마트에 줄 선 모습이 불안하기만 하다

한마음으로 이겨내야 할 상황인데
세상은 빙빙 돌아 자꾸 비뚤어져만 가고
봄날에 된바람 불고 눈보라 치지만
정치인들의 세 치 혀는 비수보다 무섭다

초대하지 않은 너, 반갑지도 않은 네가
우리들 사이를 이간질하여 갈라놓아
불신에 마스크로 입을 막고 사는 삶
조용히 우리 곁을 떠나길 바랄 뿐이다

지난날 공포의 도가니였던 수많은 역병도
우리가 힘을 모아 내친 것처럼
너와 나의 마음속 굳게 지른 빗장 뽑고
코로나19 떠나는 날 덩실덩실 춤을 추자.

고향 풍경 / 한정서

빨랫감 든 대야를 이고 도착한 우물가에
얼음장 같이 차가운 손 호호 불어 데우며
돌덩이 같은 빨랫비누로 빨랫거리 치대고

학교 언저리 놀이터에서 시간도 잊은 채
참새들처럼 깔깔대던 아이들의 웃음소리
온 동네에 바람 타고 노래처럼 울려 퍼진다

저물녘 집에 돌아오면 우리집 지킴이
행복이가 꼬리를 살랑살랑 흔들며
뛰어올랐다 내리뛰었다 반겨 맞이하고

대문 앞에서 놀자고 친구들이 부르면
나가 놀고 싶은 속마음 몰래 감추고
동생들에게 괜한 화풀이하던 날도 있다

건넌방 윗목에 배부른 고구마 뒤주
겨우내 우리와 함께 한 생고구마가
빨랫감만 수북이 벗어놓고 떠난 새벽녘

배고픔으로 칭얼대던 코흘리개 동생들
귀밑머리에 서리가 내려앉은 지금
고향 풍경이 사진처럼 눈에 선하다.

212

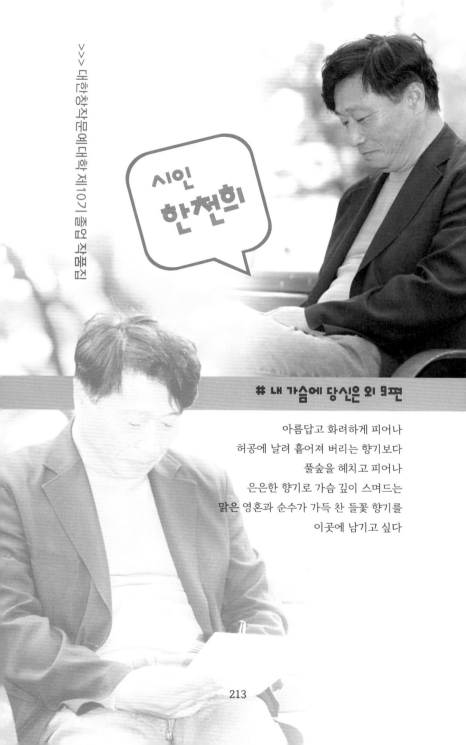

시인
한천희

내 가슴에 당신은 외 9편

아름답고 화려하게 피어나
허공에 날려 흩어져 버리는 향기보다
풀숲을 헤치고 피어나
은은한 향기로 가슴 깊이 스며드는
맑은 영혼과 순수가 가득 찬 들꽃 향기를
이곳에 남기고 싶다

213

내 가슴에 당신은 / 한천희

흔들리는 어둠을 고운 달빛이 밝히면
별똥별 내려앉는 에덴의 숲속으로
나를 이끌고 같이 걷는 그림자가
당신이길 간절하게 기도했다

당신 이란 덫에 걸린 청춘이
사랑의 질곡에 아파서 울 때
황금빛 키스로 흐르던 눈물 닦아 주고
봄같이 포근한 가슴으로 안아 준 당신

앞만 보며 달려야 했던 내 인생길
헤진 손으로 상처 난 조각을 어루만지며
내 손 꼭 잡고 굳은비 내릴 때마다
우산 되어 걸어와 준 당신

당신과 살아오면서 보낸 긴 세월 속
울음도 사치였던 그 시절, 남겨진 상처
언젠가 그 한을 꺼내어 부둥켜안고
엉엉 소리 내어 울며 날려 버렸지

아침 창문에 스며든 세월의 햇살이
당신의 주름을 비추는 것이 아파도
당신은 나의 영원을 지켜줄 사랑
내 가슴에 당신은 언제나 첫눈의 설레임

아버지의 주름 / 한천희

화전(火田)에 담배 심은 비탈밭 들길 따라
지게 진 농부의 뒤를 아기 업은 아낙네가 따라간다

자갈밭에 서성이지 말라며 보내진 서울
햇볕에 그을린 소년의 얼굴이 도시인의 화장을 한다
빌딩 숲 하늘 뭉게구름에 고향의 동산 흘러가면
고향 소식 그리워 조용히 눈감았다

세상을 가슴에 품겠다며 천방지축 벽창호인 나에게
들소의 포효만은 닮지 말라며
장독대에서 기도하던 어머님은
꼭 너 닮은 아들 낳아 키워 보라 하셨다

가장이란 멍에로 쉴 새 없이 살아온 지긋지긋한 인내
들판의 소박한 자유가 있는 들소의 고향이 그리워진다

황혼빛에 비치던 아버지의 이마에 패인 주름만은
닮지 말자고 굳게 다짐했었건만
거울에 비치는 내 모습에 아버지의 주름이 보이고
등 뒤 아들의 얼굴에서 어머님의 눈물이
나를 비추고 있다.

방랑자의 눈물 / 한천희

산골짜기 둥구나무 우듬지에 지은 둥지
새끼들은 솜털 벗자 훨훨 날아 흩어지고
늙은 어미가 홀로 둥지를 지킨다

앞산에 진달래
뻐꾸기 울어 그립다 전(傳)하고
뒷동산 들국화
서쪽 새 울면 돌아오라 한다

'아 목동아' 선율에 보고픈 기다림
그믐달 끝자락 부여잡는 그리움

기다림과 그리움 사이
신작로 길섶에 꽃은 지고 또 피었다

긴 방랑의 세월에 늙어진 나그네는
들국화 향기, 진달래 추억이 숨 쉬는 곳에서
그리움을 쉬게 하고 고독을 날려 보낸다

너의 손을 잡고 / 한천희

너는 잠든 내 머리맡에 있고
눈을 뜨면 나는 너를 찾았다
내 손에 이끌려 파도를 타고
온 세상 부딪치며 돌고 돈 너

사랑하는 임 만나던 그날도
우리 아기 태어나던 그날도
우리 엄마 돌아가신 그날도
버릇처럼 너를 보고 있던 나

지구가 태양을 한 바퀴 돌 때면
해님에 한 번 달님에 한 번
나를 돌아봐 주는 너를 잡고
시공간 넘나들던 내 청춘아!

빙글빙글 돌고 도는 세월의 공전
너도 나와 같이 늙어가고 있지만
내 손목을 감싸 잡은 너의 심장은
오늘도 구름 따라 세상을 떠돌고 있네

개여울을 떠난 겨울새 / 한천희

개여울이 참았던 울음 터뜨릴 때
북풍을 타고 온 겨울새는 떠나고
뒷동산 진달래 꽃망울이 벙글면
내 가슴엔 두견새가 울음을 운다

연분홍 설렘 내 임의 향기
동산 마루 언저리에 흩어 펴지면
잠자던 내 기억은 다시 깨어나
뒷동산 산허리를 맴돈다

먼 옛날 개여울에 나란히 앉자
내 볼에 입맞춤해주던 붉은 입술이
산등성이를 연분홍으로 물들이던 날
겨울새는 서럽게 울며 떠났다

숙명 위에 피우는 꽃 / 한천희

떨어질 줄 알고 피는 꽃이 있더냐
봄이 오면 피고 겨울 와서 지는 거지
겨울 가니 슬프고 봄이 오니 기쁘다
느끼며 사는 게 인생 아니더냐

산꼭대기 굴려 올린 바위 다시 떨어진다고
허망하다 울고 포기하면 그게 인생이더냐
굴러 내리면 올리고 또다시 굴려 올리는
삶의 숙명을 즐기는 게 인생이더라

이글거리는 욕망이 태양에 검게 그을리고
황혼이 가파른 절벽에 서 있어도
세월에 반항하고 빈곤 속에 자유를 누리며
바윗돌 메고 사는 게 인생 아니더냐

가슴으로 피는 꽃 / 한천희

그리움으로 덮은 질곡의 밤
연약한 불꽃 하나 피어나
몸을 태우며 흐르는 눈물

내 모든 기억을 지워버린 날
텅 빈 여백에 그려진 얼굴은
한 홀 불씨로 밤을 지킨다

진정한 그리움은 무상 속
가슴 깊은 곳에서 타고 있는 촛불
조용히 다가오는 보고 싶음 같은 것

꺼진 듯 보이지 않던 심지(心地)에
스치는 그리움이 불씨를 붙이면
밤을 지새운 눈물은 상처로 쌓인다

눈물이 마른 향기 / 한천희

기다림으로 쌓여가던 그대 보고픔은
별을 세며 지세던 눈물이 마르던 날
인연의 흔적조차 조각조각 부서지고
추억의 기억 마저 세월에 지워졌다

잊으려 던져버린 너의 향기는
비틀거리며 거리를 헤매다
고독을 숨기려 어두움에 묻히고
달님도 너의 그림자를 지웠다

이별의 상처는 아프게 아물었어도
사바의 인연은 우연이 아닌 것을
바람이 봄꽃을 흔들고 가면 스치듯
퍼지는 너의 향기에 눈물 적신다

아버지의 기도 / 한천희

뚜벅뚜벅 구둣발 소리에 깊어 가는 도시의 밤
달빛이 지친 발자국의 영혼을 쫓아가면
집 앞 가로등은 쓰러질 듯한 그림자를 지운다

발톱이 깨지고 손이 갈라지도록 일해야
겨우 살아갈 수 있던 가난한 시대 아버지는
고독할 사이도 외로울 틈도 없이
한 잔의 술과 한 모금의 담배 연기로
시름을 달래며 자식의 풍요를 기도했다

배고픔에 해진 옷을 입고 있었으나
화려한 옷에 우아한 만찬을 갈망했다
냉정한 현실에 눈물이 꿈을 적시어도
내일의 희망으로 시련을 닦았다

소멸과 탄생으로 세월은 흘러가고
가난한 아버지 꿈처럼 넘치는 풍요에
때론 고독하게 외로움에 울면서도
가난했던 기억은 늘 가슴을 아리게 한다

들소의 울음 / 한천희

봄이 오는 들녘 산비탈 밭갈이에
동면에서 깨어난 흙냄새 퍼져오면
아버지의 향기가 내게로 젖어 듭니다

오 남매 뒷바라지에 온 정성 다 바치며
당신의 길 버리시고 도시의 노동자로
밤낮을 가리지 않고 고생하신 아버지

고단한 삶 속에도 농심을 지키시며
꿈을 사랑하는 사람이 되라고
자식들 미래를 다독거리셨지요

오월의 꽃향기가 가득 찬 봄이 오면
풍겨오는 향토 흙냄새 따라 걷는 들길에
아버지 소 몰던 소리가 들려옵니다.

가자 詩 가꾸러

(사)창작문학예술인협의회 주관
대한창작문예대학 졸업 작품집

2020년 6월 16일 초판 1쇄

2020년 6월 21일 발행

지 은 이 :

　　기영석 김귀순 김만석 김옥순 김유진 김종태 김진주

　　박광섭 박현영 손병규 송용기 유순희 임석순 임종봉

　　전병일 조순자 한명화 한정서 한천희

엮 은 이 : 김락호

편집위원 : 박영애

디자인 편집 : 이은희

기 획 : 시음사

연 락 처 : 1899-1341

홈페이지 주소 : www.poemmusic.net

E-Mail : poemarts@hanmail.net

정가 : 15,000원

ISBN : 979-11-6284-217-1